Louis Nötel

Die Mission des Herrn Lazar

Schauspiel in fünf Akten

Louis Nötel

Die Mission des Herrn Lazar
Schauspiel in fünf Akten

ISBN/EAN: 9783743643642

Hergestellt in Europa, USA, Kanada, Australien, Japan

Cover: Foto ©Andreas Hilbeck / pixelio.de

Weitere Bücher finden Sie auf **www.hansebooks.com**

Die
Mission des Herrn Lazar.

Schauspiel in fünf Akten

von

Louis Nötel.

Reg. London Stat. Hall.
Berlin 1888.

Personen.

Baron Alexis Karbanoff, Gutsbesitzer in Kurland.

Iwan Adamowitsch, dessen Stiefbruder.

Regierungsrath Hochfeld. ⎫
Wolff, Oberkommissär. ⎬ Beamte der Polizei-
Lazar, Detectiv. ⎭ direction in Wien.

Ernestine Sanders, Musiklehrerin.

Frau Heigel, Zimmervermietherin.

Die Wittwe Hahn.

Lorenz Lederlein, deren Neffe.

Therese, Wäscheverwalterin in einem Hotel.

Amtsdiener der Polizeidirection.

Ein Dienstmädchen der Frau Heigel.

Franziska, Hausmeisterstochter.

Ein Polizeikommissär in Riva.

Ort der Handlung: Im ersten und zweiten Akte: Wien. Die übrigen Akte spielen unweit von Riva am Gardasee. Zeit: Gegenwart.

Erster Akt.

(Amtszimmer im Polizeigebäude.)

1. Scene.

Hochfeld. Wolff. (Später) Amtsdiener.

Hochfeld. Ich gestehe Ihnen offen, lieber Wolff, ich bin auf's Aeußerste verstimmt über diese Affaire. Am Montag früh fand man die Leiche des offenbar ermordeten Diurnisten Hahn am Donauufer, unweit des Kaiserplatzes. Sofort wurde unserer= seits ein gewaltiger Apparat in Bewegung gesetzt, den Thäter zu eruiren; heute ist Mittwoch und noch haben wir nicht den geringsten Anhaltepunkt. — Also ein Selbstmord erscheint un= bedingt ausgeschlossen?

Wolff. Nach Aussage der Gerichtsärzte ganz entschieden. Man hätte auch in diesem Falle das Mordinstrument am Orte der That finden müssen.

Hochfeld. Und was ist's mit der Frauensperson, welche man gestern Abend, ebenfalls dort in der Nähe, todt aus der Donau zog?

Wolff. Noch nicht agnoscirt.

Hochfeld. Ob diese beiden Fälle nicht miteinander in Zusammenhang stehen?

Wolff. Ich dachte auch daran, fand aber keinen Anhaltepunkt.

Hochfeld. Wurde die Wittwe Hahn, die Mutter des Ermordeten, nachdem sie sich vom ersten Schreck erholt hatte, nochmals einvernommen?

Wolff. Heute in aller Frühe. Von ihr ist nichts zu er= fahren. Die alte Frau wohnt in ziemlich abgelegener Gegend, und hat seit dem Tode ihres Mannes, welcher Kunstgärtner war, ihr bescheidenes Heim zu keinem andern Zwecke mehr verlassen, als einigemale im Jahre dem Gottesdienst in der Brigittenau beizuwohnen. — Ihr Sohn verließ stets früh das Haus, blieb Tags über in der Stadt in seinem Bureau und kehrte dann spät abends zurück. Es kam ihr wohl vor, als ob er in letzter Zeit etwas trübsinnig gewesen, und sie schloß auf unglückliche Liebe. Bestimmtes aber vermochte sie nicht anzugeben.

Amtsdiener (durch die Mitte).

Hochfeld. Was gibt's?

Amtsdiener. Ein elegant gekleideter Herr bittet um einige Augenblicke Gehör. Hier seine Legitimation. (Uebergibt ein Schreiben.)

Hochfeld. Von der russischen Botschaft. (Nachdem er gelesen.) Seine Excellenz empfiehlt hier einen jungen Edelmann aus bester Familie, der sich in einer Privatangelegenheit an uns um Auskunft wendet. (Zum Amtsdiener.) Er möge eintreten.

Amtsdiener (ab).

Wolff. Haben Sie noch Aufträge für mich?

Hochfeld. Nein lieber Wolff, gehen Sie nur Ihren anderweitigen Geschäften nach. Adieu!

Wolff (verbeugt sich und geht ab.)

Hochfeld (setzt sich an den Schreibtisch links). Kommt mir recht ungelegen, dieser Herr Russe. Aber was will man machen? Eine Hand wäscht die andere. — Das übrigens muß man der russischen Botschaft lassen, sie incommodirt uns selten genug und betrachtet sich die Leute vorher genau, die sie mit Empfehlungsschreiben an uns versieht. (Er macht Notizen.)

2. Scene.

Hochfeld. Alexis.

Alexis (tritt ein; hoch elegant gekleideter Mann im Alter von 30—33 Jahren, er trägt einen dunklen Vollbart. Er kommt bis zur Mitte der Bühne vor und spricht alsdann). Ich bitte die Störung zu entschuldigen, Herr Regierungsrath —

Hochfeld (sich umkehrend). Bitte sehr. — Sie sind Herr Baron — — (auf das Schreiben blickend) von —

Alexis (einfallend). Karbanoff. Alexis von Karbanoff.

Hochfeld (ladet pantomimisch zum Niedersetzen ein; nachdem Beide einander gegenüber Platz genommen). Womit können wir Ihnen dienen?

Alexis. Ich werde Ihre kostbare Zeit nicht allzulange in Anspruch nehmen, Herr Regierungsrath. Es handelt sich um Auffindung eines jungen Mannes aus bester Familie, welcher seit nahezu sechs Monaten als verschollen zu betrachten ist.

Hochfeld. Und der sich vor dieser Zeit bei uns in Wien befand? Sein Name?

Alexis. Iwan Adamowitsch.

Hochfeld (macht Notizen). Russischer Unterthan? Wo ansässig?

Alexis. In Witebsk. Sein Vater war Großkaufmann daselbst.

Hochfeld. Und der Zweck seines Aufenthaltes in Wien?

Alexis. Er wurde von unserer Mutter hierher gesandt, um seine Studien zu vollenden.

Hochfeld. Einen Augenblick. (Drückt auf eine Glocke.) Sie sagten vorher „sein" Vater und dann „unsere" Mutter. Wie muß ich das verstehen?

Alexis. Es handelt sich um den Sohn zweiter Ehe meiner Mutter mit dem seither ebenfalls verstorbenen Kaufmann Adamowitsch.

Hochfeld (zum eintretenden Amtsdiener, ihm den Zettel mit den Notizen überreichend). Im Centralmeldeamt hierüber Auskunft fordern und gleich zurück.

Amtsdiener (ab).

Hochfeld. Und der Gatte erster Ehe Ihrer Frau Mutter war —?

Alexis. Mein Vater, der Baron Karbanoff, Großgrund= besitzer in Kurland.

Hochfeld (erstaunt). Ei! Und nach dessen Tode wurde Ihre Mutter —?

Alexis. Die Gattin eines bürgerlichen Kaufmannes — ja! Dieser Eheschluß erregte seinerzeit großes Aufsehen in der Gesellschaft. Die Mutter brachte ihrer Neigung kein geringes Opfer. Indessen — Herr Adamowitsch war ein guter, recht= schaffener Herr und hatte sich durch geschickte Spekulationen ein ansehnliches Vermögen erworben, das seiner Wittwe wohl gestattet haben würde, ihre älteren Tage in sorgenloser Ruhe zu verleben, wenn nicht —

Hochfeld. Ich verstehe —; eben der Verschollene —!

Alexis. Leider muß es gesagt werden. Mein Stiefbruder

hat, trotz seiner Jugend, schon derartige Talentproben in der
Verschwendungskunst abgelegt, daß ihm zur größeren Vervoll=
kommnung nichts anderes mehr mangelte, als das Geld. Vor
zwei Jahren starb ganz plötzlich sein Vater und nun ergab es
sich), daß dessen durch lange Jahre in hoher Blüthe gestandenes
Geschäft dem Ruin nahe gebracht war. — Der Inhaber war
gerade rechtzeitig gestorben, um einen fleckenlosen Namen zurück=
lassen zu können. Nach Begleichung aller Zahlungen sah sich
die Mutter genöthigt, einer Einladung meiner verheiratheten
Schwester zu folgen und ständigen Aufenthalt in Mitau zu
nehmen. — Man thut wohl Keinem Unrecht, wenn man das
Conto beider Ehegatten mit dem gleichen Antheil an der Schuld
von Iwans Verderbniß belastet. — Genug, der Mutter zu Liebe
nahm ich mich seiner an. Der bisher geführte ungehörige
Lebenswandel hörte für eine Zeitlang auf, und es hatte fast
den Anschein, als habe der durch den Tod des Vaters verursachte
jähe Einschnitt in sein Leben, eine heilsame Wandlung zur Folge
gehabt. — Aus triftigen, von ihm selbst gewürdigten Gründen,
faßte er den Entschluß, das Studium der Medizin aufzunehmen
und nach Wien zu gehen, woselbst ihm von unserer Seite ein
nicht unbedeutender Credit eröffnet war, der aber, wie es sich
bald herausstellte, seinen Bedürfnissen keineswegs genügte. Ernste
Ermahnungen wurden nöthig, woraufhin die Correspondenz in's
Stocken gerieth und schließlich ganz aufhörte. — Vor Kurzem
kehrte ich aus Indien zurück, wo ich mich längere Zeit aufge=
halten hatte, und fand unsere Mutter bedenklich erkrankt. Auf
ihr Bitten und über Zureden meiner Schwester machte ich mich
auf den Weg, um ihn zu suchen. Deshalb, Herr Regierungs=
rath —

Amtsdiener (tritt ein und überreicht Hochfeld den Zettel).

Hochfeld (ihn unterbrechend). Einen Augenblick. (Liest.)
Wohnte bis Ende März bei der Wittwe Heigel — (Für sich.)
Ei! ei! Das ist die Richtige! — (Laut.) Wafagasse 193.
Von dort ab=, nicht aber neuerdings angemeldet. (Zum Amts=
diener.) Oberkommissär Wolff soll kommen!

Amtsdiener. Sogleich! (Halblaut zu Hochfeld.) Der Ge=
heimpolizist Lazar wartet im Vorzimmer und bittet um sofortige
Vernehmung. Er habe Eröffnungen zu machen von größter
Wichtigkeit in Bezug auf den jüngst geschehenen Mord.

Hochfeld (überrascht). Ah! wirklich! — Sobald ich läute,
lassen Sie ihn eintreten. (Amtsdiener ab.) Herr Baron, Sie
entschuldigen, aber Geschäfte von größter Wichtigkeit —

Alexis. O, ich bitte. — Ich muß fürchten, Ihre Geduld schon über das erlaubte Maß erschöpft zu haben. —

Hochfeld (zum eintretenden Wolff). Herr Wolff, ich an= empfehle Ihnen hier den Baron von Karbanoff. — Lassen Sie sich die näheren Details seines Anliegens nochmals erklären. Hier, wollen Sie sich dieser Notizen bedienen. (Giebt ihm den Zettel.) Also, mein Herr Baron, leben Sie wohl und halten Sie sich überzeugt, befindet sich der junge Mann überhaupt noch innerhalb der Grenzen unserer Monarchie, so leiten wir Sie ganz sicher auf seine Spur.

Alexis (sich verneigend). Meinen verbindlichsten Dank!

Hochfeld. Habe die Ehre! (Geht an den Schreibtisch und setzt sich.)

Wolff (zu Alexis). Wollen Sie nur einen Moment im Vorsaal warten, ich folge sogleich.

Alexis (höflich). Ich bin durchaus nicht pressirt. (Ab.)

Wolff (zu Hochfeld). Wichtig?

Hochfeld. Ah bah! Jeder Bezirkscommissär konnte hier Auskunft geben, aber — (die Achsel zuckend) von der russischen Botschaft empfohlen — also —!

Wolff. Verstehe! — (Will gehen, sich umkehrend.) Der Detectiv Lazar —?

Hochfeld. Ja richtig. Ich bin auf's Aeußerste gespannt. Hat er Ihnen vielleicht schon etwas entdeckt?

Wolff. Mir? (Ironisch lächelnd). Selbst wenn mich die Sonne seines Wohlwollens beleuchtete, was aber in der That nicht der Fall ist, wäre doch jeder Versuch ihn zum Reden zu bringen, vergeblich. Sie, Herr Regierungsrath, kennen ja diesen vermenschlichten Harpokrates länger als wir Alle. Er spricht nur einmal in derselben Sache und zwar vor seinem directen Vorgesetzten.

Hochfeld. Ja, ja, ein seltsamer Charakter, aber äußerst zuverlässiger Beamter. Lassen Sie ihn eintreten.

Wolff (verbeugt sich und geht ab).

3. Scene.

Hochfeld. (Gleich darauf) Lazar.

Hochfeld. Meine Bemerkung über Lazar hat ihn ver= drossen. Sie mögen ihn alle nicht leiden, weil er Allen ein Räthsel ist. Sie fühlen, daß er ihnen, wenn auch nicht im

Range, so doch an Kenntnissen völlig gleich steht, sie zuweilen auch überragt. Schade um ihn, recht schade; er hätte ein besseres Loos verdient. Mich wundert, daß er solches Leben überhaupt zu ertragen vermag und nicht schon längst — —! Aber natürlich er ist Vater und welch' ein Vater!

Lazar (tritt ein, er ist ungefähr fünfzig Jahre alt, dunkel ge= kleidet, wie eine dem besseren Mittelstande angehörige Person. Er bleibt an der Mittelthüre stehen und kommt erst auf die Aufforderung Hochfeld's in den Vordergrund.)

Hochfeld (ihn bemerkend). Ah, da sind Sie ja; kommen Sie näher!

Lazar. Ich melde mich gehorsamst als von Hamburg zurückgekehrt.

Hochfeld. Gut, gut. Sie haben den Ausreißer festge= nommen und eingebracht?

Lazar. Bereits abgeliefert.

Hochfeld. Es gereicht mir immer zur Genugthuung, lieber Lazar, wenn Ihnen eine der vielen schwierigen Missionen, mit welchen Sie stets belastet werden, geglückt ist. Ich war es, welcher Sie seiner Zeit auf Ihren speciellen Wunsch dem Corps der Detectivs einverleibte und darum — —

Lazar. Das heißt: Sie übernahmen die Bürgschaft für mich und diesem Umstande ganz allein verdanke ich die Stelle.

Hochfeld. Nun ja — ja! Ich wollte also sagen: Sie fühlen sich nach glücklich vollzogener Aufgabe befriedigt und in dieser Befriedigung suchen Sie einzig und allein den Lohn für aufopfernde Mühe und unerfreulichen Dienst.

Lazar. Die Mühe ist nicht so groß. Wie es Menschen giebt, die hervorragendes Talent besitzen um Edles, Schönes, ja Erhabenes zu schaffen, so giebt es wiederum welche, denen die Natur genügend viel Instinct verliehen, um für die Justiz und den Staatsanwalt arbeiten zu können. Der hierauf be= zügliche Naturtrieb ist in mir ziemlich stark entwickelt.

Hochfeld. Warum so bitter mir gegenüber? Sie dürften wohl überzeugt sein, daß ich den regsten Antheil an Ihrem Schicksale nehme. Wir kannten uns schon als Knaben, haben gemeinschaftlich das Gymnasium absolvirt und waren noch gute Freunde als Hörer der Universität. Ich habe Ihr Geheimniß gewahrt, als wäre es mein eigenes. Niemand außer unserem gemeinsamen höchsten Chef kennt Ihre Vergangenheit. Keine Seele vermuthet in dem Polizeiagenten Lazar den ehemals, trotz seiner Jugend schon vielgenannten und gesuchten praktischen Arzt, den Doctor Hermann —

Lazar (rasch einfallend). Sprechen Sie den Namen nicht aus. Lassen Sie die Todten ruhen.

Hochfeld. Ich war damals Ihr Freund und bin es heute noch. Sie haben Schweres durchgemacht im Leben; peinvolle Stunden waren Ihnen beschieden, doch — es sind seitdem viele Jahre vergangen und der Himmel hat Ihnen eine liebliche, hoffnungsvolle Tochter erhalten, in deren Liebe Sie wohl reichlichen Ersatz für Alles finden, was Ihnen die Mutter an Lebensfreude stahl.

Lazar (trüb). In der That!

Hochfeld. Und das freut Niemanden mehr als mich! — Also Sie haben schon erfahren, was sich in den letzten Tagen bei uns zutrug?

Lazar. Durch die Zeitungen.

Hochfeld. Seit wann sind Sie von der Reise zurück?

Lazar. Mit dem Frühzug kam ich heute an.

Hochfeld. Nun, also berichten Sie. Ich bin neugierig, zu erfahren, ob meine Vermuthung richtig ist und Liebe dabei die Hand im Spiele hat.

Lazar. So ist's.

Hochfeld. Wahrhaftig? Dann ist vielleicht das junge Mädchen, das man gestern Abend aus dem Flusse zog —?

Lazar. Diejenige, um deretwillen der arme Teufel sein Leben lassen mußte.

Hochfeld. Ist die Identität festgestellt? Wann und von wem?

Lazar. Jetzt eben, von mir!

Hochfeld. Ah, Sie kannten das Mädchen? Wer ist es?

Lazar. Meine Tochter!

Hochfeld (starr). Ihre —! Mann — ist das möglich?

Lazar. Gewiß! Ich bin der Vater.

Hochfeld (sich niedersetzend). Das ist erschütternd. Ich bitte — erzählen Sie. — Setzen Sie sich.

Lazar (lehnt schweigend ab; kurze Pause).

Hochfeld. Ihre Tochter liebte den ermordeten Diurnisten Hahn?

Lazar Nein, wohl aber seinen Mörder.

Hochfeld (rasch aufstehend). Sie kennen auch Diesen?

Lazar. Noch nicht. Doch hoffe ich, ihn kennen zu lernen.

Manuscript not for sale.

Hochfeld. Ich bitte, sprechen Sie.

Lazar (vor sich hin).

„Ein Jüngling liebt ein Mädchen,
Die hat einen andern erwählt;
Der Andre liebt eine Andre und — —"

(Bricht plötzlich ab; eine heftige Bewegung durchzittert ihn und er er=
zählt in beschleunigtem Tempo.) Eines Morgens steht er —
der Jüngling —, zufällig oder absichtlich ist hierbei gleichgiltig,
— unweit des Hauses, dessen Dach Diejenige schirmt, um deren
Besitz er bereitwillig Alles geopfert hätte. Allerdings besaß er
nicht viel, — kaum etwas mehr als das Leben, — und dieses
gab er für sie hin! — Da öffnete sich die Hausthür und im
kleinen Vorgarten spielt sich eine Scene ab der widerlichsten
Art. Er sieht seine Geliebte mit einem elegant gekleideten
Manne ringen, — ringen in des Wortes unwürdigster Bedeu=
tung. Er sieht, wie der Mann das Mädchen unter dem
Ausrufe „Alberne Närrin" zu Boden schleudert und wird dann
wohl über die Situation im Klaren gewesen sein. Wer, der
bei gesunden Sinnen ist, vermöchte solchen Vorgang falsch
aufzufassen? Sein Herz hatte für eine Unwürdige geschlagen.
Nach dieser Erkenntniß hätte er ja den Ort verlassen können;
aber die Art, in welcher sich der begünstigt gewesene Liebhaber
seines ihm werthlos gewordenen Spielzeugs zu entledigen suchte,
empörte den edeldenkenden jungen Mann. Er heftet sich an
die Fersen des Entfliehenden. Am Donauufer erreicht und
faßt er ihn, aber jener ist gewandter und stärker. Er ent=
ledigt sich seines Verfolgers auf kürzestem Wege, indem er ihm
ein unterwegs bereits geöffnetes Messer in's Herz stößt. Lautlos
stürzt der Jüngling zusammen. Das Mädchen, welches, von
dunkler Ahnung getrieben, den Fliehenden nachgeeilt war, kam
grade noch zur rechten Zeit, um den letzten Hauch des Sterbenden
vernehmen zu können.

Hochfeld (rasch). — Und stürzt sich in den Fluß?

Lazar. Nein. Sie kehrt in's Haus zurück und versorgt
dieses weislich, damit der dienstlich abwesende Vater, wenn er
heimkehrt, nichts weiter vermissen sollte; als — — einzig sein
— Kind. Dann schreibt sie diesen Bericht nieder, in welchem
sie nichts, nichts verschweigt, als leider das für uns wichtigste:
den Namen des Schurken, der ihr die Ehre und damit das
Leben geraubt. Alsdann vernichtet sie mit peinvoller Genauig=
keit jedweden Gegenstand, der geeignet erschien den Blick des

Forschers auf die Fährte des Elenden zu lenken; verläßt endlich das Haus und kehrt nicht mehr zurück. (Giebt Hochfeld ein Schreiben.)

Hochfeld (es rasch durchfliegend). Schrecklich, schrecklich! — Und alle Spuren verwischt? Gar kein Anhaltspunkt?

Lazar. Doch!

Hochfeld (überrascht). Ah!

Lazar. Ich betrachtete mir den Schauplatz des widerlichen Kampfes, den kleinen Vorgarten. Geknickte Blumenstengel bezeichneten die Stelle, auf welche der Unbekannte sein Opfer geschleudert hatte. Ungefähr eine Armeslänge davon, in einer Burbaumstaude, fand ich einen Gegenstand, den sie, — jeder Zweifel scheint ausgeschlossen, — während des Ringens erfaßt und festgehalten hatte und dann beim jähen Sturze ihm vom Halse riß. (Zieht aus der Brusttasche eine zerrissene schwarz seidene Halsbinde mit weißem Futter, in welchem rothe Buchstaben eingestickt sind.) Hier diese Halsbinde mit kostbarer Busennadel und rückwärts in weißem Futter die Buchstaben Al. dann ein kleines v., und schließlich die zwei ersten Buchstaben des Familiennamens: K und a — der Rest blieb vermuthlich im Besitze des Verbrechers.

Hochfeld (sehr überrascht). Geben Sie! (Halb für sich.) Könnte es möglich sein! (Wendet sich nach dem Tische um und liest in dem, in voriger Scene erhaltenen Briefe, dann leise.) Alexis von Karbanoff. Die Initialen würden stimmen! Aber — das wäre —! (Laut, sich umwendend.) Und diese unglückselige Leidenschaft Ihrer Tochter für einen Abenteurer, war Ihnen völlig unbekannt geblieben?

Lazar. Mein Dienst hält mich vom Hause fern. Wie oft denn während der zehn Jahre, in welcher ich in gegenwärtiger Stellung dem Staate diene, war es mir vergönnt in meinen vier Wänden auf kurze Zeit der Ruhe pflegen zu können? Das waren hohe Festtage für mich und mein Kind, — denn wir liebten uns — und zwar mit einer Liebe, welche von geheimnißvoll verschlungenem Bande umwunden, unsere Herzen zu einander zog. Wir verstanden uns ohne Sprache. Wir lasen uns die Gedanken aus den Blicken ab. Beide hatten wir uns nichts vorzuwerfen und dennoch hatte jedes dem andern etwas zu vergeben. Sie, daß ich ihr die Mutter raubte, und ich, daß sie die Tochter dieser Mutter war.

Hochfeld. Ich habe selten einen Menschen gefunden, der solche Freude daran fand, sich selbst zu foltern, wie Sie es thun.

Unverkäufliches Manuscript.

Was berechtigt Sie, gleich an das Schlimmste zu denken? In diesem Schreiben finde ich kein Zugeständniß einer Schuld.

Lazar. Dessen bedurfte es nicht. Ich übe seit lange die Kunst, zwischen den Zeilen zu lesen. Sie mußte das.

Hochfeld (kopfschüttelnd). Und er, der solches Unheil über Ihr Haus brachte —?

Lazar. Was er an meinem Kinde gesündigt, entzieht sich der Beurtheilung der Strafgesetze. — Zufällig trifft es sich, daß er, der Verführer, mit dem Mörder des Diurnisten Hahn identisch ist. Gleich groß ist für mich, den Vater, das Interesse an der Habhaftwerdung des Doppelmörders, wie für den Diener der Justiz und ich erlaube mir darum, an Sie, Herr Regierungs= rath, die Bitte zu richten: speciell mich — mich mit der Ver= folgung des Frevlers zu beauftragen und mit weitgehendster Vollmacht auszurüsten.

Hochfeld. Von Herzen gern möchte ich mich Ihnen gefällig erweisen, aber der Kopf sagt in diesem Falle: Nein! Ich habe wohl nicht nöthig, erst die Gründe für meine Weigerung an= zugeben. Sie liegen auf der Hand. So sehr ich auch das Schicksal Ihrer Tochter beklage und des Verführers That ver= damme, so wenig darf ich zugeben, daß ein eigenmächtiger Schuldspruch des Vaters demjenigen der zuständigen Gerichte vorgreife, oder gar illusorisch mache. Die Gelegenheit aber, hier als Richter in eigener Sache aufzutreten, wäre für Sie, wie ich Sie kenne, viel zu verlockend, als daß Sie selbe nicht mit Begier ergreifen würden. Doch sagen Sie selbst: wäre damit der Gerechtigkeit und der Rechtspflege überhaupt gedient?

Lazar. Zuerst der Beamte, zuletzt der Vater. Die Natur wird wohl nicht so grausam sein, mich jetzt schon aus den Reihen der Lebendigen auszumerzen. Vielmehr hoffe ich: die Vorsehung werde durch Verlängerung meiner Tage mich für einst erlittene Unbill schadlos halten. — Welchem Umstande verdankte ich da= zumal den harten Urtheilspruch? Nur meiner Besonnenheit. Glauben Sie, daß mein Blut heute rascher fließt als vor fünfzehn Jahren? Ich bitte inständigst um Gewährung meines Gesuches.

Hochfeld (nach kleiner Pause). Gut denn, übergeben Sie die Todte der Erde und dann versuchen Sie Ihr Glück. Gehen Sie jetzt und nehmen Sie das Bewußtsein mit sich fort, daß ich Sie hochachte und schätze und meine aufrichtige Theil= nahme an Ihrem Geschicke Ihnen fortdauernd gesichert ist.

Lazar. Es soll mein Bestreben sein, mich dieser wohl=
wollenden und mich ehrenden Gesinnung würdig zu erweisen.
(Grüßt und geht ab.)

4. Scene.

Hochfeld (allein, gleich darauf) **Amtsdiener.**

Hochfeld (drückt auf einen Telegraphenknopf; vergleicht dann
nochmals die Buchstaben in der Cravatte mit dem Brief). „Al. v.
Ka—", Alexis von Karbanoff! (Handschuhe anziehend und Hut
aufsetzend.) Ich muß mir schleunigst Gewißheit schaffen! Dieser
Lazar hat sicherlich schon sämmtliche Bewohner der Residenz,
welche mit den Initial=Buchstaben „A. v. K" behaftet sind, in der
schwarzen Kammer seines Gedächtnisses internirt. Eine übereilte
Handlung könnte schlimme Folgen nach sich ziehen. Dies zu
verhindern, muß ich mir angelegen sein lassen.

Amtsdiener (eintretend).

Hochfeld. Den Wagen vorfahren lassen! — Zur russischen
Botschaft! Schnell! (Ab.)

Verwandlung.

(Ein einfach, aber sauber möblirtes Zimmer in der Wohnung der Frau
Heigel. Rechts vorn ein Fenster, daneben eine Seitenthür. Neben der
Mittelthür rechts ein großer Schrank. Links eine Commode. Links eine
Seitenthür.)

5. Scene.

Ernestine. (Gleich darauf) **Iwan.**

Ernestine (steht mit vorgebeugtem Oberkörper und das Ohr an
die Thürspalte gelehnt, am Mitteleingange, plötzlich öffnet sie rasch den
Thürflügel und sagt komisch ceremoniell). Bitte einzutreten.

Iwan. Oh — oh! Wie feierlich!

Ernestine (launig) Nicht wahr, das nenne ich auf=
merksam! Ich sitze da am Fenster und schaue auf die Gasse
nieder. Da, unter hunderten von Passanten, erkenne ich Sie.
Geschwind werfe ich dies Kleid über und habe gerade noch Zeit,
Ihnen am Treppenabsatz des vierten Stockes, allwo eine weitere

Steigung nicht mehr möglich) ist, die Pforten weit zu öffnen. — Nun, Sie lächeln gar nicht einmal? Sind's die vier Treppen, die Sie kleinlaut machten? Ja, daran muß man gewöhnt sein!

Iwan. In der That, der Athem geht Einem aus, bevor man hier oben ankommt. Nun, die längste Zeit dürfte es gewährt haben. Ich habe den festen Glauben an baldige Realisirung unserer Wünsche. Nicht lange mehr und Sie sind meine Frau.

Ernestine (ungläubig). Oh — und Ihre Familie?

Iwan. Davon will ich eben reden. Ich komme Ihnen Lebewohl zu sagen — natürlich nur für kurze Zeit. Sie wissen ja — mein Bruder, der Ritter mit den sechzehn Ahnen —

Ernestine. Was ist's mit ihm?

Iwan. Ich habe Ihnen erzählt, daß er mich bitter haßt, weil er gezwungen ist, mich seinen Bruder nennen zu müssen. Als ob ich etwas dafür könnte, daß ich überhaupt auf der Welt bin. — Dieser Bruder ist, wie mir ein Freund heute telegraphirt, von Mitau, wo er Mutter und Schwester besucht hatte, nach Wien abgereist und zwar in der Absicht mich aufzusuchen.

Ernestine. Und darum wollen Sie fort?

Iwan. Es ist absolut nöthig. Während er mich hier sucht, ist die Mutter allein und ich kann einen Sturmangriff auf ihr Herz unternehmen. Sie befindet sich dann außerhalb des Bannes der bestrickenden Art seines Wesens, dem sich so leicht keine Frau, am allerwenigsten aber seine Mutter, zu ent= ziehen vermag. Sie hat noch dazu für diesen ihren Erstgeborenen ein ganz besonderes Faible. Ist er doch der stolze Träger eines noch stolzeren Namens — den sie selbst — sie weiß wohl am besten warum — gegen den fast verletzend bürgerlichen Namen: Adamowitsch vertauschte. Daß sie über mein Vorhandensein besonders erfreut ist, wage ich zu bezweifeln. Mein Vater, früher ein reicher Mann, hat nichts hinterlassen und ich bin somit ein armer Teufel. Die Mutter ist reuevoll in den Schooß der adelstolzen Familie Karbanoff zurückgekehrt und ich — bin vogelfrei! — Kurz also: ich muß die mir vom Augenblick ge= währte Gunst kühn erfassen, um endlich zum ersehnten Ziele — zu Ihrem Besitze zu gelangen. — Nun so stumm?

Ernestine. Mir ist sonderbar zu Muthe.

Iwan. Wieso?

Ernestine. So wie Sie sprechen, erscheint ja alles klar und richtig und trotzdem, ich weiß nicht, wie ich mich ausdrücken soll, — der Ton, in dem Sie mir die Mittheilung machen, hat eine so eigenartige, — realistische Färbung —

Iwan (rasch einfallend). Was? Nur der Ton und nicht auch der Inhalt meiner Rede? Wie? Was Dir sichere Bürg= schaft für sorgenlose Zukunft bieten sollte, das ehrliche, biedere Wort des plötzlich zum Manne gewordenen Jünglings, erschreckt Dich? Du am allerwenigsten solltest Dich darüber wundern, wenn ich in vernünftig, kühler Zurückhaltung vielleicht mehr leiste, als Dir im Augenblicke selber lieb ist. Wenn ich diese Kunst mit einigem Erfolge zu üben verstehe, wessen Lehren danke ich's? Doch nur den Deinigen!

Ernestine. Diese Anerkennung eines bescheidenen Ver= dienstes könnte mich beglücken, wenn nicht ein Vorwurf dahinter lauerte, der bald in diese, bald in jene Form gekleidet, mir öfter schon, wenn auch in weniger kränkender Weise, gegenüber trat. Und dennoch bin ich Ihnen dankbar dafür. Ich halte die Möglichkeit nicht für ausgeschlossen, daß die Stunde des Abschieds mir verhängnißvoll hätte werden können; bin ich ja doch auch nur ein mit allen Schwächen seines Geschlechtes aus= gestattetes Geschöpf der Natur. Jetzt aber bin ich über mich beruhigt.

Iwan. Gib mir die Hand. Laß keinen Mißton die Weihe dieser Stunde stören. Halte Dich überzeugt, daß grade im Versagen von oft erbetener Gunst ich die Bürgschaft für eine auf festes Vertrauen gegründete, glückliche Ehe erblicke. Was ist's auch weiter? Hege ich ja den festen Glauben an baldige, völlige Vereinigung, und auf Deine treue Liebe darf ich zählen. Nicht wahr? Das darf ich doch?

Ernestine. Iwan, Sie sind der erste Mann, dem ich eine Annäherung an meine Person gestattet habe. Was Liebe ist, habe ich früher nicht gewußt. Mit Ihnen zugleich glaubte ich auch diese erkannt zu haben. Ich freute mich, wenn Sie kamen und ungern nur sah ich Sie scheiden — — ja ich will Ihnen in diesem Augenblicke das Geständniß nicht vorenthalten: — ich sehnte die Stunde herbei, welche mich Ihnen ganz zu eigen geben sollte. Gegen bestehende Ordnung aber und ohne die Einwilligung seiner Eltern würde ich mich niemals einem Manne verbinden. Seien Sie mir darum nicht gram. Sie wissen, ich bin eine arme Waise, ich habe Mutterliebe nie gekannt. Soll ich mir den Haß Derjenigen auf's Haupt laden,

Unverkäufliches Manuscript.

um deren Segen ich flehen, ja betteln würde, wäre mir hierzu nicht jede Gelegenheit abgeschnitten. —

Iwan. O meine Ernestine! (Will sie umarmen.)

Ernestine (macht sich sanft los). Verzeihen Sie. — Wann müssen Sie reisen?

Iwan. Mit dem Nachtzuge nach Krakau, um 11 Uhr.

Ernestine. Darf ich Sie zum Bahnhof geleiten?

Iwan. Ich steige erst auf der nächsten Station in den Zug. Ich hege nämlich den Verdacht, daß mein Bruder bereits eingetroffen ist. Wäre dies in der That der Fall, so überwachen seine Kundschafter auch bereits den Bahnhof, um meine Flucht —, ich wollte sagen, meine Abreise zu verhindern, — bis ich seine, für mich schon in Bereitschaft gehaltenen Forderungen acceptirt haben werde.

Ernestine. Vielleicht haben Sie Recht! Vermeiden Sie es, mit Ihrem Bruder zusammen zu treffen. Ein unbedachtes Wort könnte alle unsere Hoffnungen zertrümmern. Eure Aussöhnung aber herbei zu führen, soll mir die heiligste Aufgabe sein. Vielleicht wäre es gut gewesen, hätte er mich kennen gelernt. Indessen, nein! — Zögern Sie keinen Augenblick. Aber — ich begleite Sie zur nächsten Station.

Iwan. Hm, eigentlich — — nun ja. —

Ernestine. Sie scheinen es nicht gern zu sehen?

Iwan. O gewiß, aber — die Zeit drängt —, Du willst vielleicht Toilette machen?

Ernestine. Ich nehme nur den Regenmantel und bin im Augenblicke wieder da. (Ab.)

Iwan (vor sich niedersehend). Sehr unangenehm, daß ich heute noch reisen soll. Ich müßte die Frauen nicht kennen, wäre ich nicht überzeugt, in letzter Stunde erreichen zu können, was ich seither vergeblich anstrebte. — Ja, muß ich denn wirklich reisen? Der Wauwau von Stiefbruder zwingt mich doch nicht etwa? Aber nein, besser ist besser! (Stimmen hinter der Scene.) Da kommt Frau Heigel. Einer Verabschiedung von ihr möchte ich als unnütz und zeitraubend aus dem Wege gehen. Auch eine Männerstimme? Man wird sich doch nicht etwa hier niederlassen? (Schlüpft hinter den Schrank.)

6. Scene.

Iwan (versteckt). **Frau Heigel** (und) **Alexis.**

Fr. Heigel. Bitte nur hineinzuspazieren. Sie sind am richtigen Orte. Ja, es war sehr klug von Ihnen, mich aufzusuchen und sich hier Auskunft über Herrn Adamowitsch zu verschaffen. Niemand kann Sie Ihnen besser geben als ich. Er wohnte bei mir, als er von Rußland hierher kam. Als ich aber von der früheren Wohnung fort und hierher zog, wollte er nicht mit, der Bösewicht.

Iwan. Ein Fremder, der sich nach mir erkundigt. — Sollte etwa gar —?

Alexis. Und warum?

Fr. Heigel. Die vier Treppen waren ihm zu hoch. Na, da zog denn ein Fräulein Sanders zu mir, und nun — hihi — sind ihm die vier Treppen nicht mehr zu hoch); er kommt alle Abend.

Alexis. Um Ihret= oder ihretwillen?

Fr. Heigel. Ei — Sie Spottvogel! Um meinetwillen? Ich hab's hinter mir! Bin eine arme Beamtenwittwe, lebe kümmerlich von kleiner Pension. Mein Mann hat nichts erspart und d'rum auch nichts hinterlassen. — War ein fideler Lump! Gott habe ihn selig! Aber ich hatte mein Wohlgefallen an ihm. Nur keinen Sauertopf zum Manne, und wäre er auch noch so brav!

Alexis. Darum sind Sie jetzt darauf angewiesen, durch Zimmervermiethen Ihren Unterhalt zu erwerben.

Fr. Heigel. Hu — Sie sind wohl auch einer, dem die Moralität mit Löffeln einfiltrirt worden ist? So ein schöner Herr und so griesgrämige Ansichten. Da ist unser Iwan von ganz anderer Art. Das ist eine fidele Haut und „leben und leben lassen" heißt sein Wahlspruch. Und gut — seelensgut, besonders gegen schutzbedürftige Damen. Hihihi! Auch gegen mich! Hat mir gestern noch einen Korb mit altem Ungarwein gesandt.

Alexis (für sich). O weh — ich werde noch einige ge= fälschte Accepte einzulösen haben. (Laut) Er möge Ihnen wohl bekommen.

Fr. Heigel. Mein Gott, man braucht's zur Stärkung. Man wird alt, und die Knochen werden mürb.

Alexis. Vielleicht gestatten Sie auch mir ein Schärflein beizutragen zur Conservirung dieses achtungeinflößenden Bau= werkes der Mutter Natur. (Gibt ein Goldstück.) Es kann un= möglich lange her sein, daß man Sie zu den beautés der hie= sigen Gesellschaft zählte.

Fr. Heigel (munter). Ei Sie Schmeichler! Ja! ja. Wie

2 *

er sich auskennt bei Frauen. (Besieht das Goldstück.) Auch ich habe Stellen, wo ich sterblich bin! Nun was wollen Sie denn eigentlich von mir wissen?

Alexis. Zunächst die gegenwärtige Wohnung des Herrn Adamowitsch —

Fr. Heigel. Wohnung? Ja damit ist's so 'ne Sache. Angemeldet ist er in Mödling, aber wohnen —, ja wohnen thut er eigentlich nirgends. Einmal hier, einmal da —, geschlafen wird bei Tage —, wie's g'rade kommt.

Alexis (für sich). Entsetzliches Leben! (Laut.) Und hier bei Ihnen sei er jeden Abend, sagten Sie?

Fr. Heigel. Bei mir doch nicht! Er besucht das Fräulein Sanders. Sie ist Klavierlehrerin im Conservatorium und kommt immer erst des Abends zu Hause. Feine Dame — aus gutem Hause — noble Erziehung, aber gar zu arm. Darf ich Sie höflichst einladen mir in mein Heiligthum zu folgen? — Dort kann ich Ihnen auch den Herrn Adamowitsch vorstellen. —

Alexis. Wie? Ist er denn hier?

Fr. Heigel. Noch nicht, aber er kommt zuverlässig. Vorläufig im Bilde! Er hängt bei mir an der Wand. O ich besitze ein dankbares Gemüth. Mein seliger Mann und dieser Iwan, das sind die zwei Sterne, die durch mein Leben schnuppten! Beide haben sich der Ehre würdig erwiesen, in meinem Boudoir aufgehängt zu werden. Bitte zu folgen. Ich zünde gleich die Lampe an, es dämmert schon stark. (Schließt ihre Thür auf.)

Alexis (für sich). Das scheint ein Weib wie auserlesen —! Und in solcher Gesellschaft verbringt der Jüngling seine Abende und wohl auch die Nächte. Es war die allerhöchste Zeit, daß ich mich aufmachte, ihn zu suchen.

Iwan (der mit größter Spannung alles beobachtete). Das ist mein Bruder, oder ich bin nicht mehr ich selbst! — Nun wird's Zeit, zu verschwinden.

Fr. Heigel (erscheint in der Seitenthüre). Ich bitte zu folgen; Sie haben von mir nichts zu befürchten. Ich bin eine Person, die sich für ihre Freunde opfert und Sie rechne ich jetzt schon zu meinen Freunden. Meine wundeste Stelle haben Sie sofort entdeckt. — Sie dürfen schon etwas von mir begehren, — natürlich nur Erlaubtes.

Alexis. Und auch das nur in ganz bescheidenem Maße. Verstehe!

Fr. Heigel. O ich bin durchaus nicht eigennützig. Man muß mich nur erst kennen. Mein Wahlspruch lautet: „Ueb' immer Treu und Redlichkeit!" und das Feldgeschrei: „Mensch ärgere Dich nicht!" — Bitte einzutreten! (Ab mit Alexis Seite links.)

7. Scene.

Iwan. (Gleich darauf) **Ernestine.**

Iwan (vorkommend). Ah das ist herrlich, prächtig! Die Ankunft meines Bruders war zwar nicht völlig aus der Luft gegriffen; sie war mir in der That von einem Freunde gemeldet, daß er mir aber so gelegen kommen und so à tempo auf der Scene erscheinen würde, das ist mehr, als ich vermuthen konnte! Nun habe ich weiter nichts zu thun als abzureisen. Alles Uebrige gibt sich von selbst. Wenn mir seither noch ein einiger= maßen triftiger Grund gefehlt hat, mit Ernestine, dem Mädchen mit der Tugendkrone, zu brechen, so findet er sich jetzt ganz sicherlich. Drei Zeilen an die Heigel und das Geschäft ist ge= macht. Spiele ich dann eine Zeitlang der Mutter gegenüber den reuigen und besserungsfähigen Sohn, so sichere ich mir auf Jahre hinaus wieder den nöthigen Credit und dann — ah, Wien war schön, sehr schön, aber die Umstände fordern ge= bieterisch, daß ich auch einmal anderswo mein Glück bei den Weibern versuche. Wo bleibt sie denn nur? (An die Seitenthüre R. gehend und mit verhaltener Stimme rufend:) Ernestine! Geschwind, Ernestine!

Ernestine (auftretend). Ich hatte den Schlüssel zum Schrank verlegt und —

Iwan. St! Leise!

Ernestine (erstaunt). Was ists?

Iwan. Mein Bruder ist da.

Ernestine (erschreckt). Da? Wo?

Iwan. Dort bei der Heigel. Er ist mir auf der Spur. Noch in dieser Minute muß ich fort.

Ernestine. So kommen Sie!

Iwan. Nein, nein! Du kannst unserer Sache bei Weitem mehr nützen, wenn Du hier zurückbleibst. Merke auf! Mein Bruder darf nichts von meiner Abreise erfahren, noch weniger aber, welchen Weg ich eingeschlagen. Ich schreibe Dir nichts vor. Handle ganz so, wie es Dir der Augenblick eingeben wird.

Ernestine. Ich bin verwirrt. Doch — eilen Sie nur — man könnte kommen.

Iwan. Ernestine! Ich baue auf Dich! Rein, wie ich Dich empfangen habe, überlasse ich Dich Dir selbst und Deinem eigenen Schutze Bewahre mir mein Kleinod treu, denn würde ich es getrübten Glanzes wiederfinden, so wäre es werthlos für mich geworden und mit Verachtung schleuderte ich es in den Straßenkoth! Gedenke dessen! Lebe wohl! (Rasch ab durch die Mitte.)

Ernestine (folgt ihm bis zur Mittelthüre). Lebe wohl! (Langsam vorkommend und nach dem Fenster gewendet, halblaut vor sich hin.) Lebe wohl! Wie ist mir denn? War das derjelbe Mann mit jenem, in dessen Hand ich diese legen wollte zum ewigen Bunde? Als er vorhin in die Thüre trat und mein Blick den seinen traf, da überlief es mich wie Furcht vor Gefahr, die man nicht kennt und vor der man sich nicht zu schützen vermag. Diese Bangigkeit verließ mich dann erst, als er von seiner Abreise sprach und jetzt da er wirklich ging, ist mir's — wie soll ich's deuten — als wär' er gar nicht da gewesen. Nein, so ist's nicht; es blieb etwas zurück, das mich an seine Anwesenheit erinnert; ein Gefühl des Unbehagens über seine letzten Worte! — In den Straßenkoth! — (Setzt sich an den Tisch rechts und stützt den Kopf in die Hand; vor sich hinblickend.) Es waren harte Worte!

8. Scene.

Ernestine. Frau Heigel. Alexis. (Später) Dienstmädchen.

Fr. Heigel (im Auftreten). Das wäre nun Alles, was ich Ihnen in der Geschwindigkeit über die jungen Leute und deren Beziehungen zu einander mittheilen könnte. Weiteres kann Ihnen — ah sieh, da sitzt ja das Fräulein und redet kein Wort. Na so etwas! Fräulein Ernestine — Fräulein Sanders!

Ernestine (aufschreckend). Was ist? — Ah so! Sie sind es, und Sie haben Besuch? Ich ziehe mich zurück.

Fr. Heigel. Ei, was Sie wohl glauben! Mir ein solcher Besuch! (Leise zu ihr.) Ein russischer Fürst oder so etwas, der den Iwan sucht und ihn hier zu finden hofft.

Ernestine. Und wie kommt der Herr auf die Vermuthung, Herrn Adamowitsch hier und bei mir zu finden?

Fr. Heigel. Wie? Ei, er hat auf der Polizei Nachfrage gehalten und dort hat man ihn an mich gewiesen, weil Iwan doch früher bei mir wohnte und nun habe ich den Herrn eingeladen, so lange hier zu warten, bis unser täglicher Besuch sich auch heute einstellen wird.

Ernestine (für sich). Polizei? Mein Gott, beinahe hätte

ich die Gefahr vergessen, in welcher Iwan schwebt. Dieser Bruder, der ihn haßt, der ihn dem Herzen der Mutter entfremdete, der gekommen ist, ihn — vielleicht auch mich) zu verderben —; das ist er also! Ich muß ihn verhindern Iwan aufzusuchen. Wie aber soll ich's anfangen? (Die Uhr schlägt.) Neun Uhr schlägt's und gegen Morgen erst erreicht der Zug die Grenze Was soll ich thun? (Entschlossen.) Muth! (Zu Frau Heigel.) Ich bitte mich dem Herrn vorzustellen.

Fr. Heigel. Mit Vergnügen. Hier Euer — Euer — stelle ich Ihnen das Fräulein Ernestine Sanders vor, die Braut des Herrn Adamowitsch.

Ernestine (rasch). Auf diese Bezeichnung habe ich kein Anrecht. Hierzu bedürfte es vor Allem der Genehmigung seiner Angehörigen und diese steht noch aus.

Alexis (nach kleiner Pause, zur Heigel). Sie hatten die Güte, früher schon die Bemerkung zu machen, daß es hier dunkel zu werden beginnt. Ich finde, daß Sie vollkommen recht hatten und möchte bitten —

Ernestine (rasch). Ich werde sogleich Licht besorgen.

Fr. Heigel. J du mein Gott! Das hatte ich vergessen. Bleiben Sie nur. Gleich werde ich die Lampe herrichten. (Geht nach der Mittelthüre, die in diesem Augenblicke geöffnet wird und in welcher das Dienstmädchen erscheint.)

Dienstmädchen. Bitt' schön — gnä' Frau — entschuldigen — —.

Fr. Heigel. Na — was giebt's denn? Die Herrschaften verzeihen! — (Spricht leise mit dem Mädchen, welches ihr einen Brief übergiebt und dann abgeht.)

Ernestine. Darf ich bitten Platz zu nehmen. Das Mondlicht gestattet Ihnen wohl, sich einen Sessel wählen zu können. (Schlägt die Portieren vollständig zurück, so daß der Schein des Mondes den vorderen Theil der Bühne erhellt.)

Alexis (auf den Stuhl zur Linken zeigend). Sobald Sie sich hier niederzusetzen beliebten, wird meine Wahl sofort entschieden sein.

Ernestine (stutzt; geht dann langsam ohne ihn anzusehen an ihm vorüber und setzt sich links nieder).

Alexis. Ich danke Ihnen. (Setzt sich rechts, doch so, daß er den Mondstrahlen, die direct auf die Figur Ernestinens fallen, nicht im Wege ist.)

Fr. Heigel (war unterdessen an's Fenster getreten und hat rasch den Brief überflogen). Ah, so ist das gemeint? Das ist der Herr Bruder — der mein Herzblättchen, meinen Iwan mit seinem Hasse verfolgt?! Ich soll ihm sofort telegraphiren wie spät oder wie früh dieser da das Haus verläßt. Ich verstehe. Er will Beweise haben für ihre Untreue. Sollst sie haben, mein Jungchen! Sollst sie haben! (Sich umkehrend.) Nun — nun — so stumm? Ah so; ich bin im Wege! Ich gehe nach Be= leuchtung. Einstweilen begnügen sich die Herrschaften wohl mit Luna's keuschem Lichte! Hihihi! (Zu Alexis leise.) Bis ich zurück komme, können Sie über Gott weiß was alles im Klaren sein! Hihihihi! — (Trällernd.) Immer mit leichtem Sinn, tanzen durch's Leben hin ꝛc. (Ab Seite links.)

9. Scene.

Alexis. Ernestine.

Alexis (vor sich hin). Eine sehr angenehme Frau, diese Madame Heigel.

Ernestine (gepreßt). Darf ich vielleicht wissen mit wem ich die Ehre habe?

Alexis. Ich bin der ältere Bruder desjenigen, den die brave Dame —, die eben damit beschäftigt ist, uns ein Licht anzuzünden —, als den Bräutigam von Fräulein Sanders be= zeichnete.

Ernestine (steht auf, will gehen, besinnt sich aber und setzt sich langsam wieder nieder; resignirt). Fahren Sie fort!

Alexis. Womit?

Ernestine. Mir klar zu machen, daß ich einer solchen Ehre nicht würdig sei.

Alexis. Der Ton, in dem Sie zu mir reden, könnte einiger= maßen frappiren. Ich begehe wohl kein Unrecht, wenn ich ihn als nicht vollkommen ächt bezeichne. Ich bitte, bedienen Sie sich der Redeweise, welche Ihnen geläufig ist. Wir kommen dann leichter über die Präliminarien hinweg.

Ernestine (fast sprachlos). Mein Herr —!

Alexis. Ihre gardienne d'honneur, die biedere Heigel, hatte die Güte mir auf mehr als halbem Wege entgegen zu kommen — mit ihrem Vertrauen nämlich. In Anbetracht der mir nur karg bemessenen Zeit, würde ich mich dankbar zeigen, wenn Sie das Gleiche thun möchten.

Ernestine. Ich verstehe Sie nicht.

Alexis. Deutlicher also! Ich beabsichtige mit dem heutigen Nachtzuge nach Krakau zu fahren, woselbst ich morgen Vormittag erwartet werde. (Ungeduldig.) Kommt mein Bruder ganz bestimmt hierher?

Ernestine (für sich, war heftig erschrocken). Mit dem nämlichen Zuge, mit dem Iwan fährt! (Laut.) Neun Uhr ist's schon vorüber und um diese Stunde —

Alexis. Nun, ist das etwa eine ungebührliche Empfangszeit in Wohnräumen, welche die Firma der Frau Heigel deckt?

Ernestine (empört aufstehend). Mein Herr, eine solche Beleidigung —! (Sie zittert und bemüht sich vergeblich ihre innere Aufregung zu verbergen.) Mein Gott, bewahre mir Fassung! (Geht zur Seitenthür links und spricht hinein.) Ich bitte Frau Heigel beeilen Sie sich ein wenig!

Frau Heigel (von innen). Aber herziger Schatz, ich muß doch erst den Docht grade schneiden. — Ist denn die Unterhaltung so schnell in's Stocken gerathen? — Gleich komme ich, nachhelfen!

Ernestine (für sich). Welch leichtfertiger Ton! Hat sie etwa wieder getrunken? Es ist hohe Zeit, den längst gefaßten Entschluß auszuführen und eine andere Wohnung zu nehmen. Diese war mir von Iwan empfohlen, doch passe ich nicht hierher! Dem Fremden ist es nicht zu verübeln, wenn er irrige Anschauungen betreffs meiner Person hegt, nachdem ihm ein halb trunkenes Weib Auskunft ertheilte. (Sie ist während dieser Rede quer über die Bühne gegangen bis zum Fenster, wo sie stehen blieb und den niedergebeugten Kopf mit der Hand stützte.)

Alexis (steht auf und kommt bis zum Sessel, auf welchem Ernestine saß; er sieht erstaunt auf das, vom Mondlicht bestrahlte Mädchen). Was geht in Ihnen vor?

Ernestine (auffahrend). Ah Sie! Ich hatte fast vergessen. (Für sich.) Er scheint aufbrechen zu wollen. Was thun? (Laut mit Ueberwindung.) Sie fragten nach Ihrem Bruder? Ja wohl, er wird noch kommen, ich glaube es wenigstens; vielleicht erst nach dem Theater — —, nach zehn Uhr.

Alexis. Dann bedaure ich. Um elf Uhr fährt der Zug. (Geht an seinen früheren Platz zurück.)

Ernestine. Mit dem Sie fahren wollen? nach Krakau — und dann nach Rußland zurück?

Alexis. Bewahre! Ich mache dort nur einen Besuch und

komme übermorgen wieder. Meinen Bruder aber würde ich heute schon zu bestimmen gesucht haben, schleunigst zu den Füßen seiner leidenden Mutter zu eilen und sich deren Verzeihung zu erbitten, so lange noch Zeit dazu ist.

Ernestine (unsicher). Sie selbst — Sie wollten ihn zur Reise bestimmen?

Alexis. Aber auch in dem Falle, als er die Reise nach Mitau angetreten haben würde, bliebe bei seinem unstäten, zerfahrenen Wesen doch die Sorge nicht ausgeschlossen, daß er unterwegs anderen Sinnes werden und von der Route abweichen könnte.

Ernestine. Ist Iwan wirklich ein so unstäter Charakter?

Alexis. Sollten Sie nicht selbst schon die Bemerkung gemacht haben?

Ernestine. Ich glaube das Gegentheil behaupten zu dürfen.

Alexis. Dann haben Sie sich nicht die Mühe genommen ihn gründlich zu studiren. (Leicht.) Wozu auch? Ich sehe ein, daß bei Neigungen dieser Art, ein eingehendes Studium kaum der Mühe lohnt.

Ernestine (steht auf). Mein Herr! Sie sind der Bruder desjenigen Mannes, dessen Bekanntschaft mit mir vor nahezu sechs Monaten ein Zufall vermittelte. Ich war bei einem Spaziergange, den ich ohne Begleitung unternommen hatte, meinen Gedanken nachhängend, von der belebten Promenade abgewichen und am Rande des Waldes von, dem Anscheine nach betrunkenen jungen Männern angehalten und insultirt worden. Ihr Herr Bruder kam dazu und befreite mich aus einer für mich höchst peinlichen Situation. — Vor drei Monaten betrat er zum erstenmale meine Wohnung, nachdem er zuvor schriftlich um die Erlaubniß gebeten hatte, um meine Hand werben zu dürfen. Daß ich nur ein einfach bürgerliches Mädchen bin, welches als eine früh Verwaiste sich mühsam durch Unterrichtgeben, ihr Brod erwerben mußte, das weiß er und wußte es — schon ehe er mir seine Hand zum ehelichen Bunde bot. Daß ferner dieser Umstand kein Hinderniß für unsre Verbindung abgeben könne, wußte er mir glaubhaft darzustellen. Erst dann, als er mir die Mittheilung machte, daß seine Mutter, die verwittwete Baronin Karbanoff, aus reiner Herzensneigung sich in zweiter Ehe einem Bürgerlichen verband, erst dann wagte ich es, mich über die Schranken gesellschaftlichen Vorurtheils hinwegsetzend, an eine gesetzliche Vereinigung mit ihm zu glauben.

Alexis. Gesetzt also den Fall, Sie seien in der That durchdrungen von der Aufrichtigkeit seiner Ihnen offenbarten Gefühle —, wie würden Sie es beispielsweise ertragen, wenn trotz allen guten Glaubens sich Ihre Hoffnungen als trügerisch erweisen würden?

Ernestine. Mit dieser Eventualität zu rechnen, habe ich mir von allem Anfange an als Pflicht auferlegt. Dank diesem Umstande werde ich mich in mein Schicksal zu finden, und überzeugt es nicht verschuldet zu haben, es auch zu ertragen wissen. Das Bewußtsein, mir die Erinnerung an eine kurze Spanne Erdenglücks durch nichts getrübt zu haben, was ein schmerzlicheres Gefühl, als das der stillen Wehmuth zu erzeugen vermöchte, wird heilender Balsam für mich sein. — Ich wäre ja wohl nicht die Erste meines Geschlechts — die —

Alexis (sie unterbrechend, lachend). Und nicht die Einzige! Bravo! Das ist ein Universaltrost, welcher dem Weibe über jede heikle Lebenslage leicht hinüber hilft. Und hatte der flüchtige Liebesrausch keine weiteren Fatalitäten im Gefolge, als lediglich das zurückgebliebene Gefühl stiller Wehmuth — dann —, die keusche Luna mag es verzeihen, wenn ich lästere, — dann aber glaube ich: diese mütterliche Freundin aller Liebenden beschien noch nicht zum letztenmale ein trauliches tête à tête in diesen Räumen, selbst wenn unterdessen eine der handelnden Personen ihren Platz gewechselt hätte.

Ernestine (zuckt heftig zusammen, geht dann festen Schrittes zur Seitenthür links, stößt diese auf und ruft hinein). Frau Heigel — Licht!

Alexis. Was wollen Sie? (Geht ihr nach und blickt hinter ihr in das Seitenzimmer.) Ah, es scheint mir, als ob die gute Frau — schliefe! — Sie kennt ihr Amt!

Ernestine (kehrt sich nach ihm um, mißt ihn flammenden Blickes vom Kopf bis zu den Füßen und eilt dann in das Zimmer links ab).

Alexis. Was war das? Unmöglich konnte das Komödie sein! Aus diesen flammenden Blicken sprach die beleidigte Tugend! — Aber diese Alte —?!

Ernestine (tritt mit der brennenden Lampe aus der Thüre links und stellt diese auf den Tisch rechts, zieht die Fenstergardiene zu, dann weist sie gebieterisch mit der Hand nach der linken Bühnenseite). Treten Sie dorthin! Sehen Sie mir in's Gesicht und suchen Sie in diesem weniger phantastischen Lichte sich darüber klar zu werden, ob die Entrüstung, welche ich über Ihr unwürdiges Benehmen empfinde, eine wirkliche oder geheuchelte ist. Sie haben es gewagt, in einem Tone zu mir zu sprechen, der bei leichtfertigen Dirnen gerechtfertigt erscheinen mag, niemals aber mir, einem ehrbaren Mädchen gegenüber, das sich nichts vorzuwerfen hat, außer dem Einen: nicht schon nach dem ersten verletzenden Worte aus Ihrem Munde, das gethan zu haben, was sie ihrer Frauenehre schuldig war. Die Strafe folgt dem Fehler auf dem Fuße. Es ist zehn Uhr vorüber, und die Umstände zwingen mich, meinen guten Ruf preiszugeben und Sie selbst die Treppe hinabzugeleiten zur Hausthüre. Ich fordere Sie auf, mir augenblicks dahin — voran zu gehen! (Greift nach der Lampe.)

Alexis (hatte sie starr und bewundernd betrachtet). Einen Augenblick, ich bitte! In wie fern schadet es Ihrem guten Rufe, wenn ich —?

Ernestine. Um zehn Uhr wird das Haus geschlossen und das Gaslicht im Treppenhause gelöscht. Ich selbst muß den Portier ersuchen das Thor nochmals zu öffnen — für Sie!

Alexis. Aber sagten Sie nicht, daß Sie meinen Bruder nach dem Theater noch erwarteten. Hätte dessen Kommen zu so später Stunde weniger Aufsehen erregt, als mein Weggehen?

Ernestine. Iwan verließ stets vor zehn Uhr das Haus.

Alexis. Und doch sagten Sie vorher —

Ernestine. Das war eine Lüge!

Alexis. Ah!

Ernestine (fest). Iwan war hier. Er hat Sie gesehen und erkannt. Er floh vor Ihnen und versetzte mich in die traurige Nothwendigkeit, Sie an seiner Verfolgung hindern und hier zurückhalten zu müssen.

Alexis (sehr erstaunt). Weswegen denn?

Ernestine. Weil er annehmen mußte, Sie würden die Reise zu seiner Mutter, die er soeben im Interesse unserer Zukunft angetreten hat, zu verhindern trachten.

Alexis (ruhig aber höflich). So ist er also fort?

Ernestine. Gottlob, ja!

Alexis (beruhigt). Glückliche Reise!

Ernestine (unsicher). Sie denken ihm nicht zu folgen?

Alexis. Bewahre! Ich kann mir dann auch die Fahrt nach Krakau vorläufig ersparen und den dort schuldigen Besuch auf die Rückfahrt verschieben. — Wenn er auch nur wirklich zu seiner Mutter fährt.

Ernestine. Sie zweifeln daran?

Alexis. An manchem anderen, nur nicht mehr an Ihnen. Ich wäre dem Geschicke dankbar, wenn es mir Gelegenheit böte, meinen heute begangenen Fehler recht bald wieder gut zu machen. — Glauben Sie mir verzeihen zu können?

Ernestine (sieht ihn an, stockend). Um Iwan's Willen werde ich's versuchen.

Alexis (bei Seite). Wenn dieses Mädchen in Wahrheit brav ist — und kaum darf ich noch zweifeln — dann ist Iwan mehr noch als ein Frevler, dann ist er ein Schurke. (Laut.) Ich bitte, geben Sie mir die Hand. (Sie thut es nicht.) Sie haben recht. — Ich achte Sie darum. Aber auch mich sollen Sie kennen und achten lernen. Nein, wahrhaftig, ich bin nicht der Bösewicht, als welcher ich Ihnen geschildert wurde und ich gebe Ihnen mein Wort als ehrlicher Mann: es würde mir unter Umständen zur Genugthuung gereichen, meiner Mutter das Allerbeste über Sie berichten zu können. Darf ich Sie wiedersehen?

Ernestine (sieht ihn an). Sobald ich überzeugt sein werde, daß Iwan sein Reiseziel unangefochten erreicht haben wird.

Alexis. Diese Beruhigung Ihnen zu verschaffen, soll für mich eine Aufgabe des morgigen Tages sein. Darf ich Sie in unauffälliger Weise morgen Abend in der Nähe des Musikvereinsgebäudes auf der Straße anreden, um Ihnen die betreffende Mittheilung zu machen?

Ernestine (ihn wieder ansehend, dann, nach kleiner Pause, den Blick niederschlagend). Ja!

Alexis. Gute Nacht denn!

Ernestine. Ich geleite Sie.

Alexis. Um keinen Preis!

Ernestine. Sie könnten Schaden nehmen.

Alexis. Ich habe Wachszündlichter.

Ernestine. Nein, nehmen Sie die Lampe mit; übergeben Sie selbe dem Hausmeister. Ich habe keine Ursache mich meiner Handlungen zu schämen. Der Einzige dem ich Rechenschaft schuldete, weiß, warum es geschah.

Alexis. Bravo! Und um jedem Verdachte, als hätten Sie Ursache das Urtheil der Welt zu scheuen, die Spitze abzubrechen, werde ich Ihnen die Lampe sofort zurücksenden. So löst sich Alles in unverfänglichster Weise. — Ich bin Ihnen eine offene Erklärung wegen meines Betragens schuldig und ich werde sie geben, selbst auf die Gefahr hin, daß Sie um dieser

Aufklärung willen mich für alle Zeit meiden werden. — Gute Nacht! (Nimmt ihre Hand und sieht ihr in die Augen.)

Erneſtine (befangen). Gute Nacht! (Sie reicht ihm die Lampe, er nimmt ſie und geht durch die Mitte ab; ſie geht nach und lauſcht an der halbgeöffneten Thüre; nach einer Pauſe.) Eine Treppe. Die Wahrheit ſoll ich hören? Worüber? — Zwei! — Und wenn ich ihn darob für immer meiden würde? — Drei! — Iwan hat recht, dieſer Mann iſt gefährlich. Jetzt tönt die Klingel des Hausmeiſters. Sie ſprechen. Ah, es iſt das Mädchen, welches öffnet; das iſt mir lieb. Er hat mir recht wehe ge= than! Bin ich ihm deshalb böſe? Als er mir vorhin in's Auge ſah und ich darauf in das ſeine blickte, da war mir's, als ſähe ich das Antlitz eines lieben, alten Bekannten — — hm, hm! — Ah, Franziska! — Sie Aermſte müſſen noch ſo ſpät die vier Treppen heraufklettern.

Franziska (mit der Lampe und einer Karte). O, machen nix. Is braver Herr, nobliger Kavalier. Hat mir geſchenkt Dukaten. Hier Karte für gnädige Fräulein, hat erſt wollen zukleben in Couvert. Sag' ich): is ſich nich nöthig, bin ich böhmiſche, kann ich nix leſen daitſch! Küß' die Hand! (Ab.)

Erneſtine (ſetzt die Lampe auf den Tiſch links; lieſt). Alexis Freiherr von Karbanoff. Was hat er geſchrieben? „Hüten Sie ſich vor der Heigel, ſie iſt beſtochen und hat ſich nur ſchlafend geſtellt!" — Beſtochen? — von wem? — (Lieſt weiter.) — Ah von Iwan?! Nein — nein! Und doch — er ſpricht es mit ſolcher Beſtimmtheit aus. (Kehrt ſich um und ſieht die Heigel, welche eben aus der Seitenthüre tritt.) Hier nehmen Sie Ihre Lampe, (ſieht ſie ſtarr an und ſagt ſtark) und betrachten Sie die Wohnung als von mir gekündigt! (Raſch ab in's Seitenzimmer rechts.)

Fr. Heigel. Eben ſchlägt's elf! Ich werde mich abſicht- lich verhören und zwölfe zählen. Gleich beim erſten Beſuch bis Mitternacht! Grund genug für Iwan, um mit ihr zu brechen. Na warte, Prinzeſſin Tugendreich von Habenichts — Du ſollſt die längſte Zeit Dich über ehrbare Frauen meiner Gattung und gleichdenkende Mädchen moquirt haben. Die Maske herunter! — Das wollen wir gleich morgen in's Werk ſetzen! (Ab mit der Lampe nach links.)

(Vorhang fällt.)

Zweiter Akt.

(Spielt drei Tage später. — Aermliches aber sauber gehaltenes Zimmer bei der Gärtnerswittwe Hahn. Eine Mittel= und eine Seitenthüre. Links und rechts ein Fenster. Eine kleine Petroleumlampe brennt auf dem Tische links.)

1. Scene.

Frau Hahn. Lorenz.

Fr. Hahn (einen größeren Grabkranz auf ihrem Schoß haltend). Das wäre gethan. Der Schmuck für das Grab des Mädchens, um dessentwillen mein Sohn die Todeswunde empfing. Beide sind nun dahin! Sei ihnen Gott gnädig!

Lorenz. Ei er wird ja wohl! Dein Karl war ein Jüng= ling so recht nach dem Herzen Gottes. Wenig Geld — guten Appetit — kaum etwas zu beißen — dafür aber unendlich viel Glauben. Ein wahres Feiertagsfressen für den Himmel.

Fr. Hahn. Ich verbiete Dir solch leichtfertige Reden, so lange Du unter diesem Dache weilst. — Du g'rade hast es nothwendig zu spotten!

Lorenz. Aber Tante sei doch froh, daß ich mit dem Rest= chen Humor, das mir die Umstände übrig ließen, nicht zurück halte und es Deiner Unterhaltung opfere. Es ist ja recht traurig für Dich — natürlich, aber am Ende — ihm ist wohl! Wo kann der Mensch besser aufgehoben sein als sechs Schuh tief in der Erde?

Fr. Hahn. Wie ungerecht ist das Schicksal! Den Jüng= ling rafft es hinweg und mich alte kranke Frau läßt es alle überleben, die mir lieb und theuer waren. Wozu bin ich noch nütze auf der Welt?

Lorenz. Wozu? Nun es will zwar nicht viel bedeuten, aber es ist doch etwas. Um mich, Deinen noch einzig übrigen

Verwandten, so lange zu verpflegen, bis er anderweitig ein Unterkommen fand.

Fr. Hahn. Bemühst Du Dich darum?

Lorenz. Aber gute Tante sei doch nicht ungerecht! Seit fünf Tagen erst athme ich die Luft der Freiheit. Verkümmere mir doch nicht gleich beim Willkommen diesen langentbehrten Genuß. Wer kann wissen wie lang es dauert!

Fr. Hahn. Entsetzlich! Wie kann ein Sohn achtbarer Eltern, die seiner Erziehung die schwersten Opfer brachten, so tief sinken, daß er — anstatt zu bereuen, sein trauriges Loos noch zu bespötteln vermag?!

Lorenz. Eben da liegt der Hund begraben. In meiner Erziehung! Mein Vater war ein ehrenwerther Handwerksmann! Um des Vergnügens willen einen gelehrten Sohn zu besitzen, setzte er Hab und Gut auf's Spiel. Er starb als armer Teufel. Und ich sitze nun da mit sammt den Kenntnissen und blase Trübsal! — Ich war ein Vorzugsschüler wie es wenige gibt. Jede einzelne Schulklasse machte ich doppelt durch. Die Lehrer ließen mich unter zwei Jahren gar nicht weg, so lieb hatten sie mich. — Es ist eben nicht Jedermann's Sache das Studieren. Was geschah nun nach des Vaters Tode? Ich mußte noch froh sein, als mich nach langem Suchen und Hungern der Zufall zum Kassengehilfen in einem Großhandlungshause machte. Bin ich so sehr zu verdammen, wenn ich als junger, unerfahrener Mensch in schlechte Gesellschaft gerieth und zuweilen aus reiner Gefälligkeit für meine Freunde einen Vorschuß entnahm, den ich zu buchen vergaß? Ich selbst habe mich nicht zum Diebe gemacht. Die Gelegenheit machte mich dazu. Aber statt diese zur Verantwortung zu ziehen, packte man mich beim Schopf und gönnte mir zehn Monate Zeit, fern von der Residenz über verschiedene Additionsfehler nachzudenken!

Fr. Hahn (seufzend). Zehn aus dem Leben gestohlene Monate!

Lorenz. Na, Tante, nimm das nicht gar so schwer! Es hört sich nur viel an, wenn man sie noch vor sich hat; sind sie aber abgesessen, dann hat's nichts mehr auf sich.

Fr. Hahn (steht auf). Wir Beide verstehen einander nicht. Ich für mein Theil halte noch etwas von der Wohlthat, sich unter freien Menschen nach eigenem Willen frei bewegen zu können.

Lorenz. Weißt Du, darüber läßt sich manches reden. So viel ist sicher, daß mir's im Gefängniß verhältnißmäßig

beſſer ging, als zur Zeit wo ich mich auf der Suche nach An-
ſtellung befand. Wie viele Tauſende von ehrlichen Menſchen
ſterben Hungers oder erfrieren in ungeheizten Localen, während
der nichtsnußigſte Schandbube im Gefängniß ſeine regelrechte
Aßung genießt nnd nach des Tages leichter Mühe ſein hübſch
temperirtes Kämmerchen und grade ſo viel Beleuchtung vor-
findet, als nöthig iſt, um Dinge zu erkennen, die er in der
Freiheit vergeblich ſuchte, wie z. B. ich gegenwärtig eine Ma-
traße oder wollene Decke. (Umherſehend.)

Fr. Hahn. Um meinem Karl die ewige Ruhe im eigenen
Grabe zu gönnen, war ich genöthigt, überflüſſig gewordene
Hausgeräthe zu verkaufen; darunter befand ſich auch ſein Bett.

Lorenz. Ja, was iſt da zu thun? Im Hotel zum blauen
Himmel möchte ich nicht gerne übernachten. Das ging früher
wohl, aber man wird älter! Laß' mich bei Dir, Tante. Ich
ſchlafe dort auf der Bank und ohne Zudecke, es iſt ja Sommer.
Du biſt dann doch nicht ganz allein und ich werde ſuchen mich
nüßlich zu machen.

Fr. Hahn. Wenn Du mit dem zufrieden biſt, was ich zu
bieten vermag, ſo bleibe immerhin. Du biſt meiner verſtorbenen
Schweſter Sohn. Ich wenigſtens will nicht Schuld daran ſein,
wenn mein Neffe dahin wieder zurückkehren muß, woher er eben
kam. Beginne ein neues Leben. In Deinen Jahren verlohnt's
noch der Mühe.

Lorenz. Weißt Du, Tante, ich bin gar nicht ſo ſchlecht
wie es den Anſchein hat. Ich bin eigentlich nur Maulheld. Es
iſt nichts, als elende Renommage, wenn ich mit der Bekannt-
ſchaft in feſten Schlöſſern prahle. Ich mache mir damit ſelber
nur was weiß. Ich bin noch beſſerungsfähig; ganz gewiß.
(Hundegebell draußen.) Hoho, was iſt denn los?

Fr. Hahn. Wer wird's ſein! Ein Spaziergänger, der ſich
verirrte und um den nächſten Weg fragen wird.

Lorenz. Erſter Beweis für meine Nüßlichkeit. Ich werde
nachſehen und dann das Gartenthor verriegeln. Aber ich bin
dem Hunde noch nicht als zum Hauſe gehörig vorgeſtellt, wenn
er nur nicht etwa in Folge von Unkenntniß — (iſt bis zur Mittelthüre gekommen, ſtößt ſie auf und prallt zurück). Halloh, was
iſt das?!

Unverkäufliches Manuſcript.

2. Scene.

Vorige. Lazar. Ernestine.

Lazar (erscheint in der geöffneten Thüre und hält die ganz in einen Regenmantel gehüllte Ernestine im Arm). Frau Hahn — ge= schwind — helfen Sie einer Verunglückten!

Fr. Hahn. Herr Lazar — Sie —?

Lazar. Nehmen Sie sich der Armen an, sie ist total durchnäßt.

Fr. Hahn (indem sie Ernestine mit Lazar zusammen zur Seiten= thür links führt). Durchnäßt! Wohl gar —?

Lazar. Aus der Donau — ja. Legen Sie sie in's Bett. Etwas Ruhe und Wärme werden sie schon wieder zu sich bringen. Vielleicht etwas grüner Thee im Hause?

Fr. Hahn. Leider nicht; der Lorenz soll holen, ich setze indessen Wasser auf's Feuer. (Ab mit Ernestine.)

Lazar. Wer, Lorenz? (Sieht ihn an.) Ah, ein alter Bekannter.

Lorenz. Jesus, jetzt erst erkenne ich Sie. Herr Lazar, der Polizeiagent. Ach wie oft wurde Ihr Name genannt, dort wo ich jetzt herkomme. Na hören Sie, wie Sie daselbst in Ansehen stehen! Man sollte es kaum glauben. Wenn nur der vierte Theil von alledem in Erfüllung geht, was man Ihnen dort prophezeit, dann reichen dreihundert verschiedene Todesarten nicht aus, auf welche Sie jederzeit gefaßt sein dürfen.

Lazar. Kläffende Hunde beißen selten. Wenn mich Alles so kalt ließe —! Da, machen Sie sich nützlich, laufen Sie um Thee. Hier ist Geld.

Lorenz. Es ist gute zwanzig Minuten bis zum nächsten Kaufmann. Wir wohnen ja hier an der Welt Ende.

Lazar. So würde ich an Ihrer Stelle ein Uebriges thun und den Weg in zehn Minuten zurücklegen. Ich denke Sie hatten Zeit genug sich auszuruhen.

Lorenz. Sie meinen, nachdem ich zehn Monate lang ge= sessen, könnte mir ein kleiner Dauerlauf nicht schaden. Nun, Sie müssen's ja wissen, Herr Doktor haben ja selbst seinerzeit —! (schlägt sich auf den Mund). Willst Du wohl! Nichts für ungut. (Läuft ab.)

3. Scene.

Lazar (allein. Dann) Frau Hahn.

Lazar (indem er den Ueberzieher über eine Stuhllehne hängt.
N. B. Er trägt hohe Wasserstiefel). Da hast Du's! Was hilft's auch
wenn ich für die bessere Gesellschaft gestorben bin? Die Zucht=
häusler kennen mich und unterhalten sich von mir und meiner Ver=
gangenheit. Mein Andenken lebt im Zuchthause fort. (Setzt sich an
den Tisch links und stützt den Kopf in die Hand.) Warum ertrug ich
auch so lange dies schale Dasein; warum ertrage ich's noch ferner?
Ein Paria in der Gesellschaft, in welcher ich seinerzeit eine Rolle
spielte —; gefürchtet und gehaßt von Allen, die das Auge der
Justiz zu scheuen haben —, mit dem Tode bedroht von ent=
lassenen Verbrechern und zu alledem — allein! So lange
mein Kind lebte, konnte ich mich über so Manches hinwegsetzen,
ich wußte, wofür ich's ertrug. Wozu noch jetzt? Einzig um
der Rache willen. Werde ich Sie finden? Vor dreien Tagen
fand ich meine Tochter als Leiche. Seitdem suche ich wie ein
abgerichteter Bluthund die Spur des Verbrechers. Jeder
Schritt, jeder Blick, jeder Athemzug ist dieser doppelt heiligen
Pflicht geweiht, und nichts — nichts! — Beschämt werde ich
vor meinen Vorgesetzten erscheinen und eingestehen müssen, daß
ich mich über mich selbst getäuscht habe und solch schwieriger
Aufgabe nicht gewachsen bin.

Fr. Hahn (von links kommend.) Das Mädchen liegt unter
meiner warmen Decke. Wer ist es?

Lazar. Keine Ahnung.

Fr. Hahn. Und Sie haben sie gerettet ohne Beihilfe? —

Lazar. Ich beobachtete sie lange vorher und war darum
vorbereitet. Was hätte eine anständige Frau um diese Stunde
in dieser Gegend zu suchen, wenn nicht den Tod in den Wellen?
Der Ort war nicht glücklich gewählt. Es geschah an einer
Stelle, wo sich das Wasser staut und ich sie daher mit Hilfe
eines Steckens fassen konnte, noch ehe die Strömung sie ergriff.
Ich bin nicht einmal naß geworden dabei, höchstens die Stiefel.
(In sich versunken.) Die Arbeit wurde mir leicht, ich dachte
meiner Tochter und war einen Augenblick glücklich — ich wähnte
sie in meinen Armen zu halten. Es kostete Ueberwindung mich
in die Wirklichkeit zu finden.

Fr. Hahn. Gut, daß Sie mich in der Nähe wußten.
Die Polizeiwache ist weit, und wer weiß, ob man Ihnen anders=

wo die Thüre geöffnet hätte. Die Nachbarn kennen und fürchten Sie.

Lazar. Sie haben's Ursache. Ich ging den Nachbar=häusern vorüber mit meiner Last. — Uns Beide aber verbindet ein gleich trauriges Geschick. Das Unglück sucht Trost und findet ihn im Erkennen noch schwereren Leides. Sie sind die Beklagenswerthere. Sie verloren einen hoffnungsvollen Sohn, die Stütze Ihres Alters — und ich nur eine schon verloren gewesene Tochter.

Fr. Hahn. Friede ihrer Asche! Wir dürfen uns nicht grausam selbst das Einzige verkümmern, was uns von unseren Kindern übrig blieb: die Erinnerung an gemeinsam mit ihnen verlebte — schöne Stunden. Ach, Gott — ich will Andere trösten und kann mich selbst noch nicht fassen — ich muß weinen und immer nur weinen.

Lazar. Sie dürfen sich glücklich schätzen im Besitze solcher Fähigkeit. Ich beneide Sie. Die Thräne ist das kostbarste Vermächtniß, das die sonst so grausame Mutter Natur dem unglücklichen Menschengeschlechte überließ. Es ist lange, lange her, seit mein Auge zum letzten Male solcher Wohlthat theil=haftig ward. Ach, alles was mir übrig blieb im Leben und am liebsten dieses selber, würde ich mit Freuden opfern, für das Labsal einer einzigen Thräne.

Fr. Hahn. Ich beklage Sie.

Lazar. Sie dürfen es. Ich habe nun nichts mehr zu verlieren auf der Welt — nur eines noch —: ich fürchte oft=mals für meinen Verstand. Das wäre das Entsetzlichste.

Fr. Hahn. Verhüte es der Himmel! Und doch wär's nicht zu wundern. Wer so viel durchgemacht hat, wie Sie — —! Sie sind nun ganz allein?

Lazar. Ganz allein. Wie Sie. Doch nein, Sie haben den Lorenz!

Fr. Hahn. Ja! Es ist doch etwas! Und wenn er wieder ordentlich werden würde! —

Lazar. So erblühte Ihnen doch noch eine Freude auf Erden. Ich möchte sie Ihnen gönnen.

Fr. Hahn. Ich will's hoffen. — Ihnen aber wünsche ich besten Erfolg in Ihrem Unternehmen. — Ich kann mir's denken, daß Ihre Aufgabe Sie völlig beherrscht und keinen anderen Gedanken in Ihnen aufkommen läßt!

Lazar. Als mein Kind an seinem Mörder zu rächen!

So ist's! Alles Andere tritt als nichtig zurück vor dieser einen — letzten Aufgabe — der Rache!

Fr. Hahn. Rache? — Hm! Ich dachte eigentlich jener Mission, die Sie sich als Belohnung für treue Dienste ausgebeten: den Mörder meines Karl auszuforschen und seinen Richtern vorzuführen.

Lazar. Welche diese That für einfachen Todschlag erklären werden, begangen im Affect. Geringstes Strafmaaß, unter Berücksichtigung mildernder Umstände: sechs Monate Kerker. — Genügt Ihnen das?

Fr. Hahn. Es würde meinen Sohn nicht wieder lebendig machen, auch wenn man seinen Mörder henkte. (Nach oben deutend.) Dort wohnt der höchste Richter. Sein ist die Rache!

Lazar. Dort! Mag sein! — Ich aber will auf Erden verübte Verbrechen auch auf Erden schon gebüßt wissen. Und da in meinem Falle das Gesetz nicht Sühne schafft, so werde ich mich vermessen, zur Selbsthilfe zu greifen! Ich werde die Sache der Abgeschiedenen vertreten in der dreifachen Eigenschaft: als Anwalt, als Richter und — als Henker!

Fr. Hahn. Dann möchte ich fast wünschen, Sie fänden den Thäter nicht.

Lazar (sieht ihr einen Augenblick erstaunt in's Gesicht, dann wendet er sich ab und sagt vor sich hin). Die Bedauernswerthe! Noth und Elend machten sie stumpf gegen alles, selbst gegen die vornehmsten Triebe der menschlichen Natur. — Sie versteht mich nicht. (Laut.) Sie dürfen nicht alles so schwer auffassen, was ich jetzt spreche. Ich bin nicht mehr ich selbst. — Mein Gehirn droht zu zerspringen. Ich fürchte, ich werde krank. Ich will hinaus in's Freie! — Ach so, das Mädchen und mein Amt! Ich muß sie vernehmen. Da kommt der Bursche mit Thee. Geben Sie ihr zu trinken, und sagen Sie mir dann Bescheid, ob ich sie sprechen kann.

4. Scene.

Vorige. Lorenz.

Lorenz. Hier, Frau Tante, der Thee. Hui, ich bin gelaufen. (Setzt sich rückwärts nieder.)

Fr. Hahn (nimmt die Düte und will abgehen).

Lazar (ihr nachgehend). Frau — Ihre Hand! — Ich wollte Ihnen nicht wehe thun. Besorgen Sie nichts. Den

Mörder Ihres Sohnes zu suchen und ihn den Gerichten zu überliefern ist meine nächste Pflicht. Erst das Amt, dann der Vater!

Fr. Hahn (nickt ihm stumm zu und geht Seite links ab).

Lorenz (vorkommend, sehr höflich). Herr Lazar, darf ich eine Frage an Sie richten?

Lazar (langsam im Vordergrunde hin und her gehend). Sprechen Sie!

Lorenz. Wenn es in Ihrer Macht läge —, wären Sie wohl bereit, der guten Alten dort einen rechten Gefallen zu erweisen?

Lazar. Ganz gewiß.

Lorenz. Dann verhelfen Sie mir zu irgend einem Verdienst, damit ich ihr nicht auf dem Halse liegen muß. Sie hat selbst nichts. — Beschäftigung ist gleich, was es immer sei; ich finde mich in alles.

Lazar (sieht ihn einen Augenblick prüfend an). Ich werde sehen, was sich thun läßt. Zunächst können Sie in meinen persönlichen Dienst treten und denselben damit beginnen, daß Sie mir sogleich einen Wagen besorgen.

Lorenz (freudig, überrascht). Herr Gott! Herr Lazar, ist es wahr? Sie wollen sich meiner annehmen? Etwas für mich thun?

Lazar. In Rücksichtnahme auf Frau Hahn und deren lange Bekanntschaft mit mir.

Lorenz. Und ich selbst kenne Sie doch auch hübsch lange schon. Als kleiner Bube kam ich oft mit der Tante in Ihr Haus, wenn sie Blumen und Ziergewächse brachte; sie war ja Ihre Hoflieferantin, als Sie noch verheirathet und praktischer Arzt waren. O, ich kann mich noch an Vieles erinnern.

Lazar. So stelle ich als erste Anforderung, daß Sie sich Mühe geben werden, dies Alles zu vergessen. Und nun laufen Sie. Sollte ein Kutscher etwa Anstand nehmen (ihn musternd) Sie in diese entlegene Gegend zu fahren, so rufen Sie den nächsten Wachmann und zeigen Sie ihm diese Karte. (Gibt ihm eine Karte.)

Lorenz. Herrje! Der hält mich dann wohl gar für einen Detectiv und öffnet mir dienstwillig die Wagenthüre! Ach, ich wollte, sie machten Umstände, die Herren Comfortables. Ich lasse sie dann alle aufschreiben und morgen zur Polizei citiren wegen ungerechtfertigter Fahrtverweigerung. — Allerdings (sich besehend) man kann es keinem übel nehmen — Herr Lazar, so wie ich da bin — können Sie mich gar nicht in Ihre Dienste nehmen --, ich müßte doch —

Lazar. Das findet sich. Gehen Sie. (Lorenz will seine Hand nehmen.) Ohne Dank — später!

Lorenz. Herr Lazar — na — na —! (Ringt nach Luft und Worten.) Leben Sie hoch! (Läuft ab.)

5. Scene.

Lazar. (Gleich darauf) Frau Hahn (und) Ernestine.

Lazar. Was ich ihm thue, kommt ihr zu Gute. Der Frau zu nützen, wo ich irgend kann, halte ich für meine Pflicht. — Unlängst fiel mir ein kleines Erbe zu; ich hatte es meiner Tochter als Heirathsgut bestimmt. Es ist nicht mehr als billig, wenn ich die alte Frau, welche um dieser Tochter willen einen Sohn verlor, vor Mangel sicher stelle. — Da kommt das Mäd=chen. Eine sympathische Erscheinung. Armes Kind, was bewog Dich zu solcher That? Die Noth nicht, danach sieht sie nicht aus. —

Fr. Hahn (zu Ernestine). Hier ist der Herr, der Sie aus dem Flusse zog, in den Sie in der Dunkelheit gerathen sind. —

Ernestine (nach dem Fenster zeigend). Der Mond schien heller noch wie jetzt.

Fr. Hahn. So, so! Also mit Willen! Sie Aermste — und haben Sie nicht zu Hause Vater und Mutter, die sich die Augen nach Ihnen ausweinen würden?

Ernestine. Ich habe Niemanden! — Dem Himmel sei Dank, daß er es meinen Eltern ersparte, ihr einziges Kind ver=fluchen zu müssen. (Setzt sich auf den Stuhl links am Tische, birgt das Gesicht in den Händen und weint still vor sich hin.)

Fr. Hahn (zu Lazar). Ich lasse Sie allein mit ihr. Wo ist Lorenz?

Lazar. Er besorgt mir einen Wagen. (Auf Ernestine zeigend.) Ich nehme sie mit mir in die Stadt. — Sehe ich Sie noch?

Fr. Hahn. Ich werde wach bleiben. (Ab links.)

6. Scene.

Lazar. Ernestine.

Lazar (steht neben Ernestine, legt seine Hand auf ihre Schulter und sagt dann mild). Ich habe meiner Menschen= und Beamten=

pflicht Genüge geleistet, indem ich Sie an der Ausführung
einer That hinderte, welche, weil gegen das eigene Leben unter=
nommen, sich zwar der Beurtheilung weltlicher Gerichte entzieht,
nichtsdestoweniger vom Standpunkte der Moral als verdammungs=
würdig bezeichnet werden muß.

Ernestine (sich aufrichtend). Ich sage Ihnen für Ihre
menschenfreundliche Handlung schuldigen Dank. — Die Welt
möge immerhin meine That beurtheilen, wie sie es für gut
findet, ich habe abgeschlossen mit ihr. Ihnen aber, dem edel=
müthigen Menschenfreunde, soll eine falsche Beurtheilung der=
selben das Gedächtniß dieser Stunde nicht verkümmern. Das
Geständniß, daß ich mir keiner Handlung bewußt bin, welche
mich mit den weltlichen Gerichten in Berührung hätte bringen
müssen, möge Sie über mich beruhigen. —

Lazar. Es steht mir nicht zu, Ihre Handlungsweise einer
Kritik zu unterwerfen. Ich spreche nur eine persönliche Ansicht
aus, wenn ich den Selbstmord als einen Akt der Feigheit und
darum als unsittlich bezeichne. Wohl aber lasse ich einen Unter=
schied gelten zwischen solchem und dem freiwilligen Tode, welchen
der Mensch im Vollbesitze der Vernunft und seines Willens er=
wählt, um seine sittliche Würde zu behaupten. Mehr noch,
wenn die Absicht klar zu Tage trat, durch dies sein Selbstopfer
einen Mitmenschen der schrecklichen Zwangslage zu entreißen,
in eigener Sache als Richter auftreten und zugleich des Henker=
amtes walten zu müssen. So viel der Mensch! Als Beamter
bin ich gehalten, den Vorfall zur Meldung zu bringen und
ersuche ich Sie zu diesem Zwecke um Angabe der Generalia.

Ernestine (erschrocken). Angaben? Für die Oeffentlichkeit?

Lazar. Es steht bei Ihnen, dieser unerläßlichen Forma=
lität gleich und hier Genüge zu thun oder mir auf die Polizei=
direktion zu folgen.

Ernestine. So wähle ich von zwei Uebeln das kleinere.
Ich bitte fragen Sie.

Lazar (in sein Notizbuch schreibend). Ihr Name?

Ernestine. Ernestine Sanders.

Lazar. Haben Sie eine Beschäftigung?

Ernestine. Musiklehrerin.

Lazar. Ich werde Sie in meinem Wagen nach ihrer
Wohnung bringen; lassen Sie es sich unterdessen angelegen sein,
mir zur Ueberzeugung zu verhelfen, daß ein wiederholter Selbst=
mordversuch nicht zu befürchten ist.

Ernestine. Soll ich Sie mit falschen Versprechungen be=
thören?

Lazar. In diesem Falle bin ich gezwungen, Sie mit zur
Polizeidirektion zu nehmen und behufs Aufnahme eines Proto=
kolls dem diensthabenden Beamten vorzuführen.

Ernestine (sehr aufgeregt). Nein, nein, um keinen Preis! —

Lazar (ihren Puls fassend). Erlauben Sie — ich bin Arzt.
Sie sind aufgeregt in einem Grade —! Hm, es ist da etwas
im Anzug. Sie müssen in's Bett; Ruhe und Schlaf thun
Ihnen Noth.

Ernestine. O wo darf ich daran denken!

Lazar. Mehr noch könnte nöthig werden. Unmöglich
darf ich Sie sich selbst überlassen. Wenn der diensthabende
Polizeiarzt nicht die Ueberzeugung gewinnt, daß Sie bei sich
zu Hause ausreichende Pflege finden —

Ernestine (rasch). Eher auf offener Straße als dort.

Lazar. Ihr Zustand flößt Besorgniß ein. Ich möchte
Ihnen das Anerbieten machen, mir zunächst in meine Wohnung
zu folgen. Frau Hahn wird auf meine Bitte mitkommen und
über Sie wachen. Vielleicht hat sich bis morgen Ihre Auf=
regung gelegt — Bei mir ist Platz genug. Ich bin allein,
seitdem mein Mädchen starb.

Ernestine (mitleidig). Sie haben eine Tochter verloren?

Lazar. An derselben Stelle des Flusses, an der Sie sich
dem Tode weihen wollten, wurde ihr Leichnam an's Ufer
getrieben.

Ernestine. Warum that sie diesen Schritt?

Lazar. Weil sie eine Verlorene, eine Entehrte und die
allerdings unschuldige Ursache am Morde Karl Hahn's, des
Sohnes dieses Hauses, war.

Ernestine. Wie? — Ach ja, ich erinnere mich —, ich
las davon in den Zeitungen —, Franziska Lazar —?

Lazar. War meine Tochter.

Ernestine. Gebrochenen Herzens gab sie sich den Tod!
Und Sie — der Vater, — was sagte der Vater?

Lazar. Sie ruhe in Frieden.

Ernestine. Ah! Sieh' da, der Egoist! Sehen Sie,
worauf ich Sie ertappe. Vorhin nannten Sie mein Vorhaben
verdammenswerth und unsittlich. Einen Akt der Feigheit! Ihrer
Tochter zu Liebe gestatten Sie Ausnahmen. Sie fluchen
ihr nicht ob der verwerflichen That; Sie wünschen ihr den
ewigen Frieden. Mir aber, mir, die gleiche Schuld durch gleiche

Strafe sühnen will, mir versagen Sie die Wohlthat, im Grabe die Ruhe zu finden, die mir das Leben nie und nimmer bieten kann! —

Lazar. Die Fälle sind nicht die gleichen. Meine Tochter mußte handeln wie sie gethan, wollte sie nicht den Vater zwingen, das von ihr selbst gesprochene Urtheil selbst an ihr zu vollziehen. —

Ernestine. O glückliches Mädchen! Du hattest einen Vater, von dem Du wußtest, er werde Dir Deiner verzweifelten That wegen nicht fluchen; der Dir im Gegentheil ein ehrendes Angedenken bewahren und Dir nie vergessen wird, was Du zur Rettung seiner Namensehre gethan! Nicht wahr, Sie vergessen es nie!

Lazar (halb abwesend). So wenig, wie ich je vergessen werde, daß sie mir Alles war; ein hellstrahlender Stern, dessen Glanzgefunkel mir Augenweide in der Oede dieses Daseins war.

Ernestine. Auch mein Vater, wenn er noch lebte, würde gedacht haben wie Sie. Auch er würde mich hinabgestoßen haben in die Fluthen, wenn er mich zögern sah. Oder sind Sie so eingebildet, zu wähnen, Sie seien der einzige Vater, der noch auf Ehre hält? — Da, da steht er vor mir, mein Vater; er blickt mich drohend an, er begreift nicht, wieso ich noch leben kann. (Auf Lazar deutend.) Da siehst Du, Vater, da steht der Barbar, der mich hindert! Dem eigenen Kinde wollte er nicht wehren, mich aber hält er grausam zurück, mich — die gleich= falls Ehrlose und Verworfene! —

Lazar (lebhaft). Das war Franziska nicht. Sie war eine Verführte, eine Verrathene —. Ich vergebe ihr nie, daß sie gegen ihre Ehre gefrevelt, aber nachdem sie selbst sich ge= richtet, glaube ich einer Unglücklichen mein Mitgefühl nicht versagen zu sollen.

Ernestine. Mitgefühl mit einer Wahnsinnigen hat wohl auch ein Kannibale. Und Ihre Tochter war nicht bei gesunden Sinnen; denn wäre sie es gewesen, nie hätte sie um leichten Fehles willen, ihrem Leben gewaltsam ein Ziel setzen dürfen. Was denn?! Nur verführt und dann verlassen und von einem, der sie bethört, ihr die Ehe versprochen hat, an den sie glaubte; nicht wahr —?

Lazar (streng). Wäre sie sonst gefallen?

Ernestine (laut auflachend). Nun denn, da ist's heraus.

Eine Heilige im Vergleich mit mir war Ihre Tochter! Wollen Sie mich noch hindern, meinem schmachvollen Dasein ein Ende zu machen? O, bei dem Andenken an jene, die, einer Märtyrerin gleich, mit ihrem Tode leichte Sünde büßte und Sie bewahrte vor schwerer Schuld, beschwöre ich Sie, ja, ich bitte kniefällig und mit aufgehobenen Händen: lassen Sie mich fort von hier und folgen Sie mir nicht. — Ich verachte mich selbst viel zu sehr, als daß ich mir von jetzt ab auch nur einen Bissen Nahrung zuzuführen dächte! Statt eines martervollen, gönnen Sie mir den schmerzlos schnellen Tod.

Lazar (erregt). Ist es der Wahnsinn, der aus Ihnen spricht?

Ernestine (in höchster Angst sich vor ihm windend). Nein, nein! Kein Wahnsinn. O, um Gotteswillen — ich ahne, was Sie thun wollen! Nein, nein — nicht einsperren zu Verrückten! Ich bin meiner Sinne mächtig! (Zieht ein zerknittertes Papier aus dem Busen.) Da — da! Lesen Sie! (Bleibt auf der Erde in halbliegender Stellung, sich auf den einen Arm stützend, während sie sich mit der anderen Hand die Augen bedeckt.)

Lazar (liest). „Am Krankenbette meiner Mutter sage ich mich los von Ihnen. Sie sind frei. Mein begünstigter Nachfolger, der seine Besuche bis nach Mitternacht auszudehnen pflegt, wird Sie bald über meinen Verlust getröstet haben. Geben Sie sich eben so redlich Mühe mit ihm, wie mit mir, um ein Eheversprechen zu erlangen, so ist er leicht thöricht genug, Sie zur Baronin von Karbanoff zu machen und dann haben Sie ja wohl endlich erreicht, was Sie anstrebten. — Iwan." Was ist das? (Stutzt.) Baron von Karbanoff! (Vor sich hin.) „Al. v. Ka." — Hm, das wäre! (Aufspringend.) Das wäre — furchtbar! Sie Beide Opfer eines und desselben Wollüstlings! — Soll ich's dem Zufall oder dem Teufel danken, daß er mir auch dieses Opfer jenes Scheusals in die Arme warf? (Zu Ernestine, die in diesem Augenblicke mit dem Gesichte zur Erde niederfällt.) Halt, Mädchen, bezwinge die Natur und gieb mir Auskunft! Auf diesen Brief hin geräthst Du in Verzweiflung? Hier hast Du ja ein schriftliches Zugeständniß, daß dieser Iwan Dir die Ehe versprach. Er will sich Deiner entledigen, das ist klar und sucht nach Beweisen für Deine Untreue. Er verdächtigt Dich und wirft Dir Dinge vor, an die er selbst nicht glaubt. Ich nehme mich Deiner an, Mädchen, ich mache Deine Sache zu der meinen. Er muß Dir Deine Ehre wiedergeben.

Erneftine (auffchreiend). Nachdem ich fie an feinen Bruder verlor?!

Lazar. Seinen Bruder? Wie?

Erneftine. Nein! Nicht verlor, die ich verfchenkte. Nein, auch nicht verfchenkte; die ich ihm zu Füßen legte. Er hatte nicht erft nöthig, fie als Gefchenk für fich zu erbitten.

Lazar. Du fprichft irre, Kind. Nicht wahr — Gewalt —?

Erneftine. Gewalt? Wer konnte mich bezwingen, wenn ich bei Sinnen war? Aber ich war es nicht! O Himmel, laffe mir diefen einzigen Ausweg —, aus Barmherzigkeit raube mir nicht die Selbfttäufchung — ich war nicht bei mir felbft! Ein Zauber beftrickte mich, ich war in feinem Banne! Ich fah fein Auge auf dem meinen haften; ich fah hinein, ich fühlte feinen Kuß. Ich rief: Alexis fchütze mich vor meiner Schwäche! Ich bin ja nur ein Weib — —! (Schüttelt fich wie im Fieber und fällt auf's Antlitz nieder.) O gönnen Sie mir den Tod!

Lazar (neben ihr niederknieend in hoher Erregung). Nein, nein, ftirb nicht! Du fprachft den Namen Alexis aus — Alexis von Karbanoff? War dies fein Name? Erneftine — Dein Vater fragt durch mich! Sag' an und wär's mit Deinem letzten Lebenshauche: wie war der Name?

Erneftine (vor fich hin hauchend). Alexis Karbanoff.

Lazar. Ich danke Dir! — Da haft Du's nun, Regierungs= rath, mit Deiner Bürgfchaft! Er war in unf're Macht ge= geben, Du aber ließeft ihn frei und ungehindert ziehen. Heute früh ift er abgereift und jetzt längft fchon auf ruffifchem Boden. — Auch dort bift Du vor mir nicht ficher. Meine Rache ereilt Dich, fei wo Du fei'ft! Ich höre den Wagen! (Geht an die Seitenthür und ruft hinein.) Frau Hahn — gefchwind!

Fr. Hahn (aus der Thüre tretend und erfchrocken auf Erneftine zeigend). Was ift gefchehen? Ift fie krank oder gar —?

Lazar. Ein nervöfes Fieber fcheint im Anzug. Ich nehme fie mit mir nach Haufe. Frau, opfern Sie fich, Sie thun ein gutes Werk; ja Sie find es fich felber fchuldig mitzugehen, denn diefes Mädchen hat mir foeben den Mörder Ihres Sohnes genannt.

Fr. Hahn. Wäre es möglich?

Lazar. Sie kommen mit zur Aufficht und zur Pflege. Kein Laut darf Ihnen entgehen, der in Fieberphantafie ihrem Munde entfchlüpft. (Zum eben eintretenden Lorenz.) Hilf mir

die Kranke in den Wagen bringen, dann schließe das Haus und
folge uns nach.

Lorenz. Und die Tante?

Lazar. Fährt sogleich mit uns. (Faßt die Hand der Frau
Hahn.) Dem Mörder Ihres Sohnes die gerechte Strafe!
Dieser Verlorenen ihre Ehre! Dir aber Franziska, will ich
eine Todtenfeier bereiten, welche Dir und mir den ewigen
Frieden sichern soll! (Er steht in der Mitte der Bühne mit zum
Himmel erhobener Hand. Frau Hahn beugt sich über Ernestine.)

(Der Vorhang fällt.)

Dritter Akt.

(Spielt drei Monate später. — September. — Wirthschaftsgarten eines Hotels am Gardasee. [Torbole.] — Terrasseneinfriedigung mit Abstieg nach dem See. Prospect: die Felswände der Ledroalpen. Rechts die Rückseite des Hotels mit practicablen Thüren und Fenstern. Bis zum ersten Stock hinauf ein Rebenspalier. Links eine Laube von Pinien umstellt, darin Marmortisch und eiserne Gartenstühle.)

1. Scene.

Lorenz. Therese.

Lorenz (Therese an der Hand haltend aus dem Hotel tretend). Da komm her, Resi. Kein Mensch ist auf der Terrasse. Die Gäste sitzen draußen in der schattigen Veranda und das Geschäft wird nicht zu Grunde gehen, wenn Du mir auch ein Stündchen opferst.

Therese. O so lange darf ich nicht feiern. Die Servietten müssen eingespritzt und die Bettwäsche für morgen bereit gelegt werden.

Lorenz. Geh doch, als ob es der Wäsche Schaden brächte, wenn sie eine halbe Stunde früher oder später eingespritzt wird. Seit den drei Tagen, daß wir hier sind und ich in Dir meine beste Jugendfreundin und erste Geliebte — reinen Angedenkens wieder erkannte, bin ich kaum dazu gekommen, Dir zu sagen, wie glücklich ich darüber bin. Hast Du gar nicht einmal einen freien Vor- oder Nachmittag, an dem wir uns nach Herzens= lust ausplaudern könnten?

Therese. Kaum; denn trotzdem die eigentliche Saison noch nicht ihren Anfang genommen, ist das Hotel doch schon überfüllt. Hätten wir noch zwanzig Zimmer, sie wären alle besetzt.

Lorenz. In Riva ist's noch ärger. Eigentlich wollten wir uns dort einquartiren, es war aber nicht möglich Unter= kommen zu finden. Gottlob dafür, denn nur diesem Umstande ift es zu danken, daß ich meine gute Reſi wiederfand, die jetzt wohl längſt meine Frau wäre, wenn nicht —

Thereſe. Ja wenn nicht — na ich hab's verwunden.

Lorenz. Aber lieb behalten haſt Du mich trotz allem und alledem! Reſi, geſteh's: nicht wahr, Du haſt mich lieb?

Thereſe. Ich hätte wohl heirathen können unterdeſſen, aber es preſſirte mir damit nicht. Ich bekenne es offen, ich wollte abwarten, was mit Dir werden würde, ſobald Du wieder in die Lage kämſt, ſelbſtſtändig handeln zu können.

Lorenz. Wie zart ſie ſich auszubrücken verſteht, die gute Seele. Ach, ſo was thut wohl!

Thereſe. Nun mein Gott, wir kennen uns von Kindes= beinen an, ich bin ja nicht viel jünger als Du. Ich konnte Dich immer wohl leiden, — denn Du warſt ein herzensguter Junge. Gabſt auch immer etwas auf meinen Rath. Später natürlich, als Du auf die hohe Schule kamſt, da gingſt Du Deine eigenen Wege.

Lorenz. Ja, das war mein Unglück, die höhere Carriere! Talent dafür wäre wohl einiges vorhanden?geweſen, aber die Mittel reichten nicht aus, und der dumme Streich folgte nach! Einzig meiner großen Gelehrtheit habe ich's zu danken, daß ich jetzt für's Leben fertig bin.

Thereſe. Geh, ſprich nicht ſo. Du haſt zwar einen dummen Streich gemacht, aber ein ſchlechter Menſch warſt und biſt Du darum doch nicht, und wenn es Dir möglich wäre, Dich wieder in beſcheidener Lebensſtellung einzugewöhnen —

Lorenz. Ach Reſi, ich gebe Dir die Verſicherung, ich würde mich gerne bei Kuhmilch und Ziegenkäſe zufrieden geben, könnte ich dabei die Fähigkeit erwerben, eine Familie ernähren und Dich heirathen zu können; denn das ſteht felſenfeſt: Du biſt der Inhalt meines Lebens, ohne Dich gibt es für mich keine Zukunft mehr.

Thereſe. Nun, Lorenz, wenn Dir's Ernſt damit iſt, dann könnte ich Dir wohl zu einer beſcheidenen, aber anſtändigen Exiſtenz verhelfen. Ich habe rechtſchaffen gearbeitet und darf von mir ſagen, daß ich im Weißnähen und Sticken etwas Gediegenes zu leiſten vermag. Auch habe ich bereits ſo viel er= ſpart, um überall, ja ſogar in Wien, ein kleines Geſchäft etabliren zu können. Meine augenblickliche Stellung als Wäſchever= walterin habe ich nur aus Gefälligkeit und mit Rückſicht auf die kränkliche Wirthin übernommen, welche eine Schweſter meiner ſeitherigen Arbeitsgeberin iſt. Wenn ich nun einen Mann hätte, der etwas gelernt hat, um die Bücher zu führen und als Prinzipal mit Herrschaften umgehen zu können, so ließe sich das Geschäft bald in Schwung bringen.

Lorenz (hocherfreut). Ach Resi, welch' eine Perspective er= öffnest Du mir! Ich soll Prinzgemahl in einem Weißwaaren= Geschäft werden? Verfüge über mich, ich bin Dein! Ich werde mein eigener Stadtreisender, mit dem Musterkasten unter dem Arm, fein belackt und glacét. — Erlauben Sie, meine Gnädige, daß ich auspacke! Hier etwas ganz Exquisites —, bitte, sehen Sie die Handstickerei; bitte den Blick auf die Erhabenheit dieser gothischen Buchstaben zu richten, auf diese kühnen Schnörkel, die eine eigene Erfindung meiner herrlichen Gattin sind! (Nahm währenddessen aus der Seitentasche des Rockes ein Geldtäschchen, öffnete es und zog aus demselben ein seidenes Läppchen hervor, legte es auf die flache Hand und präsentirt es Theresen.)

Therese (lachend). Na, wenn Du so mit den Damen redest, da hält man Dich sicher für einen Schwindler! Aber — erlaube einmal — was ist denn das? Wie kommst Du denn zu dem Seidenfetzen da? Du, diese erhabenen Buchstaben mit den kühnen Schnörkeln sind derartig schön gearbeitet, daß sie verdienten, abgezeichnet zu werden.

Lorenz. Mit dem Fetzen da hat es seine eigene Bewandtniß. Ich hebe ihn zum Angedenken auf. Es war in derselben Stunde des Tages, wo mein armer Vetter Karl so unverhofft in's Gras beißen mußte. Ich hatte — als ich eben von — na Du weißt ja von wo, zurückgekommen war, in Floridsdorf einige frühere Freunde getroffen —, auch solch' gelehrte Proletarier wie ich selbst —, wir erzählten einander unsere Erlebnisse und als wir mit Erzählen fertig waren und auseinander gingen, da war's bereits zu spät zum Schlafengehen und noch zu früh um meiner alten Tante Hahn einen Besuch zu machen. Eben wie ich grade darüber nachdenke, von wo aus ich den Sonnenaufgang am besten beobachten könne, rennt, von der Stadtseite kommend, am Ende der Franz=Josefsbrücke mich ein Mensch dergestalt hart an, daß ich sammt ihm zu Boden stürzte. Er rappelte sich alsbald wieder in die Höhe, griff in seine Brusttasche und warf mir ein Ledertäschchen mit den Worten zu: Da nehmen Sie mein ganzes Vermögen als Schmerzensgeld! Dann lief er davon. Was glaubst Du wohl, was in dem Täschchen war?

Therese. Wie soll ich's wissen?

Lorenz. Nicht ein halber Kreuzer. — Und das nannte er sein ganzes Vermögen. — Das leere Täschchen und ein von einer seidenen Halsbinde abgerissener Fetzen, dieser da, war alles was ich an Schmerzensgeld erhielt. Da hinten die Buchstaben — o. f. f. — gehören wahrscheinlich zur Firma der Krawatten= fabrik. Es kann aber auch ein Geschäftsreisender für den Malz= Extracts=Gesundheitsbier=Fabrikanten Johann Hoff gewesen sein. „O. f. f.!"

Therese. Wozu willst Du das aufheben?

31

Lorenz. Ei, um's ihm wiederzugeben und einen Denk= zettel obendrein für die Froßlerei*) — sein ganzes Vermögen, pah!

Therese. Du wirst ihn gar nicht wiedererkennen, selbst wenn er Dir begegnete.

Lorenz (pathetisch). Ich kenne jeden wieder, mit dem ich einmal im Leben zusammen gerannt bin, namentlich dann, wenn er mir etwas schuldig blieb.

Therese (sich umsehend). Es kommen Gäste. Ich muß gehen. Adieu einstweilen!

Lorenz. Aber nur einstweilen! Heute Abend ein Stündchen da hinter den Pinien —?

Therese. Ja hast Du denn gar nichts zu thun? Gar keinen Dienst?

Lorenz. Gar nichts! Bin Aushilfskammerdiener bei einem Herrn, der gewohnt ist sich selber zu bedienen.

Therese. Das ist nichts für Dich. Beim Müßiggehen kommt man auf schlechte Gedanken. Wer ist Dein Herr?

Lorenz. Darüber — Silentium! Geheimer Staats= beamter; hat aber den Dienst schon halb und halb quittirt. — Von Hause aus war er Doktor der Medizin.

Therese. Und werdet ihr lange hier bleiben?

Lorenz. Das wird von dem Befinden seiner — — Tochter abhängen.

Therese. Warum ist diese denn immer so dicht ver= schleiert?

Lorenz. Das hat seine guten Gründe. Der Schleier ist ein Netz, in dessen Maschen sich ein gewisser Jemand fangen soll.

Therese (nach dem Hause hinhorchend). Die Wirthin ruft. Erzähle mir das Weitere am Abend. Adieu! (Ab in's Haus.)

Lorenz. Leb' wohl, Du Goldfisch, Du allerliebster! Was fange ich nun mit dem angebrochenen Nachmittag an? Ach was, ich lege mich mit sammt einer Gondel an die Kette, lasse

*) Zum Narren gehalten werden.

Unverkäufliches Manuscript.

mich schaukeln, mache die Augen zu und träume von meinem
zukünftigen Weißwaarengeschäft. Zu was allem es der Mensch
doch bringen kann. Geschäftsleiter einer Weißstickerei! Welches
Uebermaß von Reinlichkeit. (Hält die Arme von sich ab und spreizt
die Finger von einander.)   Noli me tangere.   (Geht im Hintergrunde die Treppe hinab.)

2. Scene.

Alexis (und) Iwan. (Aus dem Hause tretend.)

Alexis. Laß' uns dort in der Pinienlaube Platz nehmen.

Iwan. Warum grade da? Im Hause war es doch bei
weitem kühler.

Alexis. Man kann dort nicht so ungestört sprechen. Auch
ist es hier ganz erträglich. Der Luftzug vom See herüber ist
erfrischend.

Iwan. Aber die Sonne prallt grade gegen die Wand
des Hauses und der grelle Schein ist für meine Augen Gift.

Alexis. Nun, Du trägst ja eine Schutzbrille und übrigens
darfst Du nur jener Wand den Rücken zukehren, so ist jedwedes
Hinderniß beseitigt. Hier bitte, sitze nieder. (Geht ein paar
Schritte nach hinten, sich umsehend.)

Iwan (für sich). Wie schlau er das inscenirt. Da oben,
ihm grade gegenüber, wohnt das verschleierte Frauenzimmer,
für welches er sich, wie es scheint, lebhaft interessirt.

Alexis (zurückkommend und ihm gegenüber Platz nehmend).
Also es ist Dein unerschütterlicher Vorsatz, morgen wieder zurück
zu reisen?

Iwan. Gewiß. Ich entsprach dem Wunsche der Familie
und begleitete Dich bis hierher. Aber da bleiben — nein, das
wünscht auch Mama nicht. Es kam mir so vor, als sähe sie
es ungerne, daß wir Beide zugleich, nachdem sie eben erst von
schwerer Krankheit genesen war, uns von ihr entfernten. Ich
bekenne gerne, daß ich ihr gegenüber noch vieles gut zu machen
habe und empfinde darum so etwas wie Heimweh!

Alexis. Unter solchen Umständen würde ich es für Frevel
halten Dich zum Bleiben überreden zu wollen. Indessen —
(stockt) was ich sagen wollte — —

Iwan. Du stockst! Gestehe es nur, die Fahrt hierher
war nicht die Folge einer zufälligen Eingebung. Der Grund
lag tiefer.

Alexis. Sei es eingestanden, ja, ein Gefühl, dessen Vorhandenfein ich felbft nicht zu rechtfertigen vermag, trieb mich an, hierher mit Dir zu fahren. Gieb mir Deine Hand. (Nimmt fie.) Iwan, am Krankenbette unferer Mutter gelobte ich alles vergeffen zu wollen, was dahinter liegt und ich werde dies Gelöbniß halten. Gegenfeitiges Vertrauen wird die erneute Freundfchaft dauernd befeftigen. Darf ich auf gleiches Empfinden bei Dir rechnen?

Iwan. Ich habe den alten Adam aus= und einen neuen Menfchen angezogen. Du darfft mir trauen.

Alexis. Und ich will es rückhaltslos. Doch fage mir zu= vor noch): Ift unter allen Deinen Handlungen, welche fich in den milden Begriff: Jugendfünden zufammenfaffen laffen, keine einzige, die geeignet wäre, das entnervende Gefühl der Reue ftetig wach zu halten?

Iwan. Ich wüßte keine. Was wurde mir hauptfächlich zur Laft gelegt? Doch nur die Thatfache, daß ich im Punkte der Liebe nicht allzu penibel war. Ich hielt und halte es auch heute noch für kein befonderes Vergehen, eine Blume, die ich am Wege finde und die mir gefällt, zu pflücken, ehe mir ein Anderer zuvorkommt.

Alexis. Der Vergleich paßt nicht. Eine Blume ift eine Sache, ein Ding — ein willenlofes Gefchöpf der Natur, der Laune jedes Paffanten preisgegeben; ein Weib indeffen —

Iwan. Hat perfönlichen Willen und befitzt Vernunft ge= nug, um genau zu wiffen, was es gewähren kann oder ver= fagen muß

Alexis. Ich will nicht mit Dir ftreiten. Die Anfichten über Recht und Unrecht in Herzensfachen find vielfach getheilt. Ich bitte es zu entfchuldigen, wenn ich vielleicht in etwas plumper Weife folch delikaten Punkt berührte; aber ich wollte auf einen Fall zu fprechen kommen, welcher mich gewiffermaßen mit betrifft und — darum —

Iwan (lächelnd). Erlaube, daß ich Dir zur Hilfe komme. Du willft von jenem Mädchen fprechen, deffen erwiefene Untreue mir willkommenen Anlaß bot, in den Schoß der Familie zurück= zukehren und ein neues, Gott und den Menfchen wohlgefälliges Leben beginnen zu dürfen.

Alexis. Treibe nicht Scherz, Iwan! Die Affaire Erneftine Sanders verdient wohl etwas ernft genommen zu werden. Wir gelangten gleichzeitig zur Kenntniß ihres Selbftmordes. Es

4*

überlief mich eiskalt beim Lesen der kurzen Zeitungsnotiz. Du bliebst vollkommen ruhig.

Jwan. Zur Aufregung mangelte jeder Grund.

Alexis. Was war die Ursache jener verzweifelten That?

Jwan. Vielleicht mein Absagebrief.

Alexis. Nun, also!

Jwan. Nun, also?! — That ich vielleicht Unrecht daran, mich von einem Mädchen loszusagen, welches unmittelbar nach meiner Abreise, so zu sagen im Handumdrehen sich einem Andern in die Arme warf? Oder hätte ich vielleicht darauf Rücksicht nehmen sollen, daß dieser Andere zufälligerweise mein leiblicher Bruder war?

Alexis (steht auf und geht im Bogen nach rückwärts, für sich). Ich hielt ihn für einen Schurken und war es selbst. — Das ist fürchterlich!

Jwan (halb von ihm weggewendet, für sich). Sitzt der Stachel? — An dem Mädchen wäre mir den Kuckuck was gelegen, aber daß dieser scheinheilige Tugendheros beim ersten Anlauf schon die jungfräuliche Festung bezwang, das verzeihe ich weder ihm noch ihr. Sie ist todt, an ihr kann ich mich nicht rächen! Aber er soll mir darum doppelt büßen. Die Erinnerung an diesen Sieg über mich, soll ihm sein ganzes Dasein vergiften und ihm die Lust am Weibe benehmen für alle Zeit. (Ist ebenfalls aufgestanden.)

Alexis (wieder im Vordergrund). Jwan, noch ist's nicht lange her, als Du zu mir sagtest: Bruder verzeihe mir! Damals wußtest Du noch nicht, was und wie viel Du mir zu verzeihen hattest. Um meiner Ruhe willen, sage mir ehrlich: liebtest Du diese Ernestine Sanders nicht in anderer, als in seither an Dir gewohnter Weise?

Jwan (mit Absicht zögernd). Nun, sie hatte ein Eheversprechen von mir.

Alexis. Sie nur allein?

Jwan. Das nicht, aber — einmal würde ich wohl ein derartiges Versprechen eingelöst haben und ich glaube beinahe, daß es diesesmal geschehen wäre. — Hm, es ist wohl Schade um solch junges Leben!

Alexis. Ich sah sie nur an drei Abenden. Da kam plötzlich das Telegramm, welches die schwere Erkrankung unserer Mutter meldete und ich mußte schleunigst abreisen, ohne sie nochmals gesprochen zu haben.

Iwan. Und tagsdarauf zog man ihre Leiche aus dem Flusse.

Alexis. Doch hatte sie zuvor noch Deinen Brief erhalten. Wenn sie noch lebte, Iwan, würdest Du ihr verzeihen können?

Iwan. Was Dir einfällt. Mit Füßen würde ich sie von mir stoßen!

Alexis (lebhaft). Und ich sie in meinen Armen auffangen! Ich wünschte sehr, daß sie noch lebte!

Iwan (überrascht). Ah!

Alexis. Es gereicht mir zur theilweisen Beruhigung zu wissen, daß Du das Mädchen nie ernstlich geliebt hast. Wäre dies der Fall, so könntest Du in solchem Tone nicht von Ernestine Sanders reden.

Iwan. Nimm doch die ganze Sache nicht so schwer. Als ob dergleichen nicht alle Tage vorkäme. Wenn Alle darum gleich in's Wasser springen wollten! — Und muß denn in allen Fällen der Mann der schuldtragende Theil sein? Ich sollte meinen, daß gerade die Mitglieder unserer Familie alle Ursache hätten, derartige Vorkommnisse in schonungsvollster Weise mit dem Mantel der Liebe zu bedecken, anstatt sie zur Kabinetsfrage aufzubauschen. Verdanke ich mein Dasein etwa nicht ganz gleichem Falle?

Alexis. Still, Knabe! Du könntest wissen, daß dies die Stelle ist, wo ich am leichtesten verwundbar bin. Kein Wort mehr über unsere Mutter in solchem Sinne. Wenn einer ihrer Söhne ihr etwas zu vergeben hatte, so war ich es und ich habe es gethan, aufrichtigen Herzens und gern. Mit Achtung sprich von Deiner Mutter, wenn Du den kaum zwischen uns hergestellten Frieden nicht für alle Zeit zerstören willst. — — Du sahst in Ernestinen nur das schön geschaffene Weib und bist ihr gram, daß sie sich Deinen Wünschen nicht bereitwillig fügte. Mir galt sie mehr und daß ich sie so leicht nicht werde vergessen können, dafür habe ich untrügliche Beweise.

Iwan. Wieso?

Alexis. Das niederdrückende Bewußtsein begangenen Fehls läßt mich unter jedem dichten Schleier ihr Antlitz vermuthen, in jeder Frauenstimme die ihrige vernehmen. —

Iwan (auflachend). Ah, da weiß ich nun mit einem Male, warum ich in der Mittagshitze nach Torbole mitfahren mußte. Da oben wohnt solch' ein verschleiertes Frauenexemplar. Und wahrhaftig Du hast recht, in Wuchs und Haltung gleicht die Dame auffallend jener Ernestine.

Unverkäufliches Manuscript.

Alexis (erregt). Nicht wahr und auch die Stimme —

Iwan. Die habe ich noch nicht gehört.

Alexis. Ich wollte Du könntest sie sprechen hören.

Iwan. Was nützte es, wenn ich auch die Stimme ähn= lich fände? Bliebe die Verstorbene darum weniger todt?

Alexis (sich vor die Stirne schlagend und sich umkehrend). Oh nur zu wahr.

Iwan (für sich). Wie das Gewissen ihn quält und wie ich mich deswegen freue! Aber meine Neugierde hat er rege gemacht. (Kehrt sich nach dem Hause.) Ah da kommt der an= gebliche Vater der verschleierten Schönen! Merkwürdig, ich habe meines Wissens diesen Mann vordem niemals gesehen, er könnte mir sonach vollkommen gleichgültig sein und trotzdem fühle ich mich bedrückt in seiner Nähe.

3. Scene.

Vorige. Lazar. (Gleich darauf) **Ernestine.** (Später) **Lorenz.**

Lazar (in der offenen Thüre stehend und nach dem See hin= rufend). Lorenz! Ein Boot frei machen und den Schiffer rufen! Das Fräulein will ein Stündchen auf dem See fahren! (Alexis bemerkend.) Ah sieh da, der Herr Baron von Karbanoff. — O das ist ja sehr gelegen! Sie waren so liebenswürdig uns gestern Ihre Dienste anzubieten, wenn wir einen gewandten Steuer= mann benöthigten sollten. — Ohne viele Umstände würde ich Sie beim Worte nehmen und bitten an meiner Statt mit meiner Tochter eine kleine Rundfahrt auf dem See zu machen, doch sind Sie wie ich sehe nicht allein und —

Alexis (Iwan vorstellen wollend). Es ist — —

Lazar. Ich weiß — Ihr Herr Bruder.

Iwan. Der sich mit Vergnügen bereit erklärt die Rund= fahrt mitzumachen.

Lazar. Die kleine Gondel hat nur Platz für drei Personen, den Ruderer mit einbegriffen. Ich danke für den guten Willen und werde selbst den Steuermann machen, so nöthig mir auch die Zeit gewesen wäre zur Vollendung eines dringenden Schreibens.

Alexis (sieht Ernestine kommen, fast zitternd vor Aufregung zu Iwan). Ich bitte Dich, verzichte auf meine Gesellschaft, lasse mich allein mit ihr auf den See. Sei meiner Dankbarkeit gewiß.

Iwan. Gut, gut. Ich leiste Verzicht. Solltest Du zu

lange ausbleiben, dann treffen wir uns am Abend in Riva. (Sieht Ernestine, die eben auftritt.) Ei, eine auffallend hübsche Erscheinung.

Alexis (dem man ansieht, daß er mit seinen Gedanken nicht bei der Sache ist). Benutze unseren Wagen und kümmere Dich nicht um mich. —

Lazar (sprach indessen leise mit Ernestine). Ich hätte darum den Herrn Baron gerne überredet, als Steuermann zu fungiren, doch ist er in Gesellschaft hier —

Alexis (lebhaft). Meinem Bruder ist es durchaus nicht unangenehm, wenn ich ihn für eine kurze Stunde sich selbst überlasse. Ich stehe sonach zur Disposition.

Ernestine (in zwar einfachem, aber eleganten schwarzen Sommer= kleid, einen schwarzen Spitzenschleier über den Kopf geworfen, welcher das Angesicht völlig bedeckt. Ernst, aber in ihrem natürlichen Tone). Ich anerkenne Ihre Freundlichkeit, mein Herr Baron und danke zugleich dem Herrn für gefälligen Verzicht.

Alexis (wie betäubt leise zu Iwan). Wie wird Dir?

Iwan (war im höchsten Grade überrascht). Du hattest recht. Das ist erstaunlich!

Ernestine (wendet sich rasch um, zu dem inzwischen aufgetretenen Lorenz). Ist alles bereit?

Lorenz. Alles fertig. Belieben Sie nur einzusteigen.

Ernestine (Lazar die Hand reichend). Adieu! (Sich leicht gegen Iwan verneigend.) Mein Herr! — (Zu Alexis, der wie ab= wesend sie anstarrt.) Beliebt es, Herr Baron?

Alexis (wie erwachend, erschreckt). O — verzeihen Sie. (Den Arm anbietend.) Darf ich bitten?

Ernestine. Unnöthig; folgen Sie nur. (Geht über die Treppe im Hintergrunde hinab. Alexis folgt ihr, ebenso Lazar, welcher im Hintergrunde bleibt und, an die Balluftrade gelehnt, auf den See hinab blickt.)

Iwan. Beim Satan! Hätte ich es nicht mit diesen meinen Augen gelesen, daß Ernestinens Leichnam aus der Donau gezogen wurde, ich würde es nicht glauben, nachdem ich diese Stimme hörte. Ich muß mir Gewißheit verschaffen.

Lazar (quer über die Bühne nach dem Hause gehend, sich von Iwan verabschiedend). Mein Herr —!

Iwan. Mein Herr, o — verzeihen Sie eine Frage. Ich kann es zwar nicht mit Bestimmtheit behaupten, aber es ist mir so, als hätten wir einander schon gesehen. Vielleicht ist Ihr Gedächtniß etwas schärfer als das meine —

Lazar. In Mitau, wo ich Geschäfte halber einige Tage weilte, sah ich Sie vor nicht langer Zeit.

Iwan. Sie waren kürzlich in Mitau, — mit dem Fräulein —?

Lazar. Doch nicht. Leider mußte ich die schwer Erkrankte in Wien fremder Pflege überlassen, da mein Geschäft in Mitau unaufschiebbar war.

Iwan (erregt). In Wien? Sie wohnen in Wien?

Lazar. So ist's.

Iwan. Und in Geschäften reisten Sie nach Mitau? — O verzeihen Sie die Dreistigkeit! —

Lazar. Ganz recht — Geschäfte. — Privater Natur. — Ihr Diener, Herr Adamowitsch. (Ab in's Haus.)

4. Scene.

Iwan. Lorenz.

Iwan. Zum Teufel — dieses Gesicht; ich habe es doch schon gesehen! Nur in Mitau und nur vorübergehend? Nein, nein, an diese Züge knüpfen sich Erinnerungen —! (Steht in tiefen Gedanken und sieht vor sich hin.)

Lorenz (dem Iwan schon vorher aufgefallen war, kommt leise näher und sucht ihm in's Gesicht zu sehen, sagt dann plötzlich). Herr, Ihr Augenglas ist entzwei!

Iwan (erschrickt, nimmt unwillkürlich die Brille ab, sie besehend). Wieso? — Was wollen Sie?

Lorenz. Ihr Gesicht wollte ich genau sehen können, dabei genirten mich die dunklen Augengläser. — Nun wie geht's Ihnen denn noch immer?

Iwan (verwirrt). Was unterfangen Sie sich?

Lorenz. Bitte, bleiben Sie nur gemüthlich. Dem Anscheine nach ist es Ihnen gelungen, sich wieder auf die Strümpfe zu helfen, denn vor circa drei Monaten ging's Ihnen verflucht knapp.

Iwan (unwillig). Habe ich es hier mit einem Verrückten zu thun?

Lorenz. Dieses weniger! — Erinnern Sie sich meiner nicht mehr? Es ist noch gar nicht lange her, daß Euer Hochgeboren sich eines schönen Morgens bemüßigt sahen, mir dero sämmtliches Baarvermögen in den Schoß zu werfen. Es gehörte allerdings keine große Ueberwindung dazu, denn in dem Geldtäschchen befand sich (bläst über die Finger) rien du tout!

Na kurz und gut, denken Sie gefälligst an den Sonnenaufgang vom 8. Juni! Versetzen Sie sich in Gedanken an das Donau=ufer bei Wien — erinnern Sie sich an einen jungen Mann, den Sie meuchlings niederstießen —

Iwan (auf's Heftigste erschrocken, sich aber schnell wieder fassend und umsehend). Hier gilt's Entschlossenheit! (Packt den nichts=ahnenden Lorenz plötzlich bei der Kehle, stellt ihm rückwärts ein Bein unter und wirft ihn zu Boden, auf ihm knieend; halblaut, rasch.) Du hast mich erkannt, das ist Dein Tod!

Lorenz (hat diese Worte nicht gehört). Na, hören Sie, so grob wie Sie ist mir sobald nicht Jemand vorgekommen! Es scheint in Ihrer Natur zu liegen, sich mit Menschen, die Ihnen zufällig in den Weg kommen, in allernächster Nähe des Erd=bodens unterhalten zu wollen.

Iwan. Von was sprichst Du? Wo hast Du mich gesehen?

Lorenz. Am Ende der Franz=Josefs=Brücke in Wien. Sie kamen in gestrecktem Galopp um den Eckfeiler und fielen sammt mir zu Boden. Wenn Sie's nicht glauben: Da haben Sie den Beweis. Ein Stück von Ihrer Cravatte mit etwas Namenszug. Es lag an der Erde, wahrscheinlich habe ich es Ihnen abgerissen.

Iwan (für sich). Er weiß von nichts. (Besieht den Lappen.) Das kenne ich nicht. Vermutlich verlor es ein Anderer. (Steckt es eilig in die Westentasche.) Ja jetzt erinnere ich mich. Um den Nordwestbahnhof noch zu erreichen, war's zu spät; ich glaubte den Zug auf der Station Floridsdorf zu treffen und so war es auch! Richtig, da carambolirte ich mit einem jungen Menschen, dem ich als Entschädigung für erlittene Unbill mein Geldtäschchen zuwarf. Im Coupé erst, als ich mein Bargeld überzählte, machte ich die Bemerkung, daß nichts darin ent=halten war. Seitdem betrachte ich mich als Ihren Schuldner. Will aber jetzt meine Rechnung begleichen. Ich bitte aufzustehen. (Reicht ihm die Hand und hilft ihm beim Aufstehen.)

Lorenz. Sie dürften sich auch einmal mit der Lektüre von Knigge's „Umgang mit Menschen" befassen. (Indem er den Staub von den Kleidern schlägt.)

Iwan (gezwungen lachend). Nicht's für ungut. Die Art wie Sie mich ansprachen, gefiel mir nicht. Ich werde meinen Fehler gut zu machen suchen. Da nehmen Sie diese Banknote; ich denke sie wird Sie für zweimalige Niederlage hinreichend entschädigen.

Lorenz (die Note genau besehend und sie gegen den Himmel

Unverkäufliches Manuscript.

haltend). Sie ist ächt! Hundert Gulden, à la bonheur. Ich
erkläre mich für zufrieden gestellt. Eigentlich sollten Sie darauf
noch etwas heraus bekommen; es ist viel Geld. Sie können
mich dafür, wenn's Ihnen Spaß macht, noch ein drittes Mal
auf die Erde legen!

Iwan. Ich verzichte; aber beantworten Sie mir dafür
eine Frage. Sie sind im Dienste des Fremden, der da oben
das Balkonzimmer bewohnt?

Lorenz. So ist's.

Iwan. Wie heißt und was ist er?

Lorenz. Rolshausen heißt er, Doktor der Medizin war
er und Privatier ist er.

Iwan. So steht's im Fremdenbuche eingeschrieben; das
wußte ich bereits. Von Ihnen wollte ich Genaueres wissen. Er
heißt jedenfalls anders. Wohnhaft in Wien?

Lorenz. Stimmt.

Iwan. Wo?

Lorenz. An der Dresdenerstraße im eigenen Hause.

Iwan. Dresdenerstraße? (Für sich, sehr erregt.) Welch ein
Licht geht mir auf! Nun kenne ich den Namen! (Laut.) Die
verschleierte Dame, ist sie wirklich seine leibliche Tochter?

Lorenz. Da kommt er g'rade, fragen Sie ihn selbst. In
derartig intime Familienverhältnisse bin ich nicht eingeweiht.
Entschuldigen Sie! (Wendet sich und geht Lazar entgegen, der an
der Thüre stehen bleibt und mit ihm spricht.)

Iwan (im höchsten Grade erregt). Nun weiß ich, woran ich
bin! Die Aehnlichkeit — mit Franziska —! — Kein Zweifel,
es ist ihr Vater, Lazar, der geflüchtete Detectiv! Diese aber
(nach dem See deutend) ist Franziska — nicht — es ist Ernestine!
Seine Tochter ist todt und diese trat an deren Stelle! Jene,
ihren Selbstmord verkündende Zeitungsnotiz, war nichts weiter
als ein Polizeimanöver und nur in dem einen Exemplar ent=
halten, welches bestimmt war mir zu Gesicht zu kommen. Machte
er die Reise nach Mitau um meinetwillen? Ist er um meinet=
willen hier, dann bin ich verloren! — Jetzt, Glück, das mich
noch nie verließ, bleib' mir getreu! Nie brauchte ich Dich nöthiger
als heute!

5. Scene.

Iwan. Lazar.

Lazar (hat Lorenz weggeschickt und ist vorgekommen). Mein
Herr Adamowitsch — so ganz allein? Die Sonne ist hinter den

Bergen versunken. Es beginnt zu dunkeln. Sie warten die Rückkehr des Barons ab?

Iwan. Gewiß.

Lazar (ihn firirend). Ei! hören Sie! — Da fand ich vorhin im Grase einen äußerst kostbaren Gegenstand. Eine Busennadel. Da sehen Sie einmal!

Iwan (für sich). Frechheit steh' mir bei. (Laut.) O die kenne ich.

Lazar. So?

Iwan. Und zwar sehr gut, denn sie ist mein Eigenthum.

Lazar (lebhaft). Ihr Eigenthum?

Iwan. Ja, das heißt, insofern sie nicht meinem Bruder Alexis Karbanoff gehört.

Lazar. Ihrem Bruder? So, so!

Iwan. Wir bekamen von unserer Mutter vor mehreren Jahren als Weihnachtsgeschenk zwei ganz gleiche Brillantnadeln. Dieses ist eine davon. Die meinige aber ist es nicht, denn ich erinnere mich genau, sie heute noch gesehen zu haben. Alexis muß sie vorher hier verloren haben; vielleicht auch schon gestern abends.

Lazar. Sie haben ganz bestimmt die Ihnen gehörige Nadel heute noch gesehen?

Iwan. Mein Wort darauf! Sollte es Sie interessiren, einen Vergleich mit derjenigen in Ihrer Hand anzustellen, so dürfen Sie nur mit mir nach Hause fahren.

Lazar. Und hat Baron Karbanoff den Abgang solches Gegenstandes noch nicht bemerkt?

Iwan. Ich weiß es nicht. Er hat mir nichts gesagt.

Lazar. Sie finden das nicht sonderbar?

Iwan. Warum? Wenn er noch keine Ahnung hat von dem Verlust? — Dürfte ich mir vielleicht die Frage erlauben, ob ich die unverschuldete Ehre genieße, vor einem Criminal=beamten zu stehen?

Lazar (ihn fest ansehend). Sie haben die Ehre, mit dem Doktor Rolshausen zu sprechen, welcher sich das Vergnügen gönnen wird, diese Nadel ihrem rechtmäßigen Eigenthümer selbst einzu=händigen. — Ihnen will ich nicht länger im Wege stehen. Guten Abend! — (Geht hinter der Pinienlaube ab.)

6. Scene.

Iwan (allein).

Iwan. Noch ist er seiner Sache nicht sicher. Er ist im Besitze der Nadel und ganz gewiß auch in demjenigen der Halsbinde, in welcher sie stak. — Letztere war ein Geschenk Franziska's, sie selber stickte meinen Namen in das Futter; das heißt denjenigen meines Bruders, welchen ich mir der Abwechslung halber damals beigelegt hatte. — Ha — o mein altes Glück! Da habe ich ja den abgerissenen Lappen! Gelegener konnte mir der Bursche wahrhaftig nicht in den Weg kommen! (Zieht das Läppchen aus der Westentasche.) Drei Buchstaben blieben übrig! Die andern hat Lazar! Bravo, er ist Alexis auf der Fährte. Ich bin in seinen Augen vollständig unbetheiligt an der Sache. Aber wie lange noch? — Die Nadel liegt im Etui in Alexis' Handkoffer, es war keine Lüge, ich sah sie heute erst. Dieses Stückchen Seide in's Etui, die Nadel hierher — (auf die Halsbinde deutend) und ich — fort auf Nimmerwiederkehr! — Nun aber schleunigst nach Riva zurück. Dieser Lazar müßte weniger schlimm sein als sein Ruf, wenn er auf den gegebenen Wink hin nicht spätestens schon morgen früh Haussuchung nach der Nadel anstellen ließe. (Eilt dem Hotel-Eingange zu, in welchem grade Lorenz erscheint.)

Lorenz. Oho! Schon wieder so eilig?

Iwan. In der That! Sobald der Baron mit dem Fräulein zurückgekehrt sein wird, haben Sie wohl die Güte, ihm zu sagen, daß ich per Wagen nach Riva gefahren sei. (Ab.)

7. Scene.

Lorenz. Therese.

Lorenz. Der Mensch mit seiner ewigen Eile fängt mir nachgerade an unheimlich zu werden.

(Mittlerweile ist es finster geworden.)

Therese (erscheint oben in der geöffneten Thüre des Balkons). Lorenz, bist Du da?

Lorenz. Ah, die Resi! Was machst Du denn da oben?

Therese. Ich überziehe die Betten in den Gastzimmern. Alle Bewohner des Hotels sind hinauf auf den Berg, um von dort aus das Feuerwerk mit anzusehen, das beim Fort Nikolo abgebrannt werden soll. Ich möchte auch gerne dahin; das heißt, wenn Du mich begleiten willst.

Lorenz. Mit Vergnügen, aber ich muß erst um Erlaubniß fragen.

Therese. A propos, wir wurden vorhin unterbrochen. Schenke mir doch den Zipfel von der Halsbinde. Du weißt ja, daß ich mich sehr für dergleichen interessire und diese Buchstaben gefallen mir ganz besonders.

Lorenz (in der Westentasche suchend). Jawohl — gerne! — Ah, was mir einfällt. Das Ding habe ich gar nicht mehr; der junge Herr — von vorhin, Du hast ihn nicht gesehen — legitimirte sich als Eigenthümer, und da gab ich's ihm zurück. (Sich vor den Kopf schlagend.) Aber nein! Er sagte ja, er kenne es nicht. Behalten aber hat er's trotzdem!

Therese. Das ist recht schade. Na also wegen des Feuerwerks —?

Lorenz. Wann geht's denn schon los?

Therese. Sobald es völlig dunkel ist.

Lorenz. Ich hole Dich ab; verlasse Dich darauf,

Therese. Aber nicht zu spät. Ich möchte von dem schönen Schauspiel nichts einbüßen! (Ab.)

8. Scene.

Lorenz. Lazar.

Lazar (rückwärts links auftretend, auf den See blickend). Ein dunkler Gegenstand schwimmt auf dem Wasser. Das Boot kommt zurück. (Sich umkehrend und vorkommend.) Lorenz!

Lorenz. Herr Doktor befehlen?

Lazar. Welchem Umstande ist es zuzuschreiben, daß der Garten heute so menschenleer und finster ist?

Lorenz. Ein Feuerwerk wird da drüben beim Fort abgebrannt, und Alle sind auf den Berg hinauf, um zuzusehen.

Lazar (für sich). Das trifft sich günstig! (Horcht.) Sie kommen! (Zu Lorenz.) Tritt in den Hausflur und verhindere unter irgend einem Vorwande, daß Jemand den Garten betritt, bevor das Fräulein denselben verläßt. Dann magst Du, wenn es Dir Vergnügen macht, ebenfalls zum Feuerwerk gehen.

Lorenz. Besten Dank. Grade wollte ich um Erlaubniß bitten. Ach, noch eines, Herr Doktor —!

Lazar. Still jetzt; das Boot legt an, gehe hinein, lehne die Thüre an und gieb acht, daß uns kein Lauscher naht. Rasch! (Geht in die Laube.)

Lorenz. Was mag er vorhaben? Hätte er am Ende

hier die Spur gefunden, die er so lange vergebens suchte? — Hm, es ist sicherlich ein braver, hochachtbarer Mann, der Herr Lazar; ich habe ihn recht gerne, aber sein ganzes Thun ist mir zu geheimnißvoll, zu dunkel, und ich liebe Helligkeit in Allem. Darum ziehe ich, troß aller Hochachtung das Weißwaarengeschäft doch seinem Umgange vor. (Ab in's Haus, dessen Thür er innen anlehnt.)

9. Scene.

Erneſtine (mit) **Alexis** (die Treppe vom See heraufkommend; in der Folge) **Lazar.**

Alexis (mit etwas verhaltener Stimme zurückſprechend). Bleibe da liegen und halte Dich bereit mich später über den See zurück zu fahren. (Vorkommend.) Schon finstere Nacht und kein Licht, kein Gast im Garten. Ich werde für Beleuchtung Sorge tragen.

Erneſtine. Laſſen Sie nur. Es ist mir lieber so. Ich exponire mich nicht gerne.

Alexis (aufgeregt). O, Sie sprechen mit mir! Während der Fahrt entschlüpfte keine arme Silbe Ihrem Munde. Was verschloß dort Ihre Lippen, räthselhafte Sphinx?

Erneſtine. Die Furcht.

Alexis. Vor dem feuchten Elemente?

Erneſtine. Beziehungsweise. Ich glaubte bemerkt zu haben, daß der Ton meiner Stimme Sie stets in gewisse Exaltation verſetze. Ihre Hand führte das Steuer: dazu gehört ruhiges Blut und fester Blick. Die Wellen des Gardasees sind tückiſch, besonders gegen Abend. Ich habe nur ein Leben zu verlieren, über welches mir kein Verfügungsrecht mehr zuſteht.

Alexis. Diese wenigen, doch inhaltsschweren Worte zwingen mir unwillkürlich die Frage auf die Lippen: Gehört dies un= zweifelhaft kostbare Leben außer Ihnen und dem Vater noch einem Andern eigenthümlich zu? — Sie sind verlobt?

Erneſtine. Weit mehr als das; ich bin gebunden!

Alexis (erſchreckt). Vermählt?

Erneſtine. Sie mißverstehen mich! Ein Eidſchwur bindet mich an's Leben, für begrenzte Frist.

Alexis (immer erregter). Gehört es vielleicht zu den Con= ſequenzen solchen Eides, das Antlitz niemals zu enthüllen?

Erneſtine. So iſt's! Ich bin nicht mehr, ich war! Ich habe ausgelebt. Ein Mensch griff grauſam in ein Mädchen=

leben; zu fremdem Frevel gesellte sich die eigene Schuld. Für mich die Buße und für ihn die Strafe! Niemand soll dies Angesicht erblicken, der Eine ausgenommen — einmal noch —, sobald die Zeit dafür gekommen scheint.

Alexis. O, dieser Glückliche!

Ernestine. Er ist nicht zu beneiden!

Alexis. Nicht zu beneiden! Spielen Sie nicht mit Worten. Es kann doch nur von ihm die Rede sein, der durch dies Auge in die Seele blicken darf, der sich berühmen kann geliebt zu sein —

Ernestine. Gehaßt!

Alexis. Zu gleichen Theilen Liebe und Haß! O, um der einen, schönen Hälfte willen, nähme ich den Haß nicht weniger als gerne in den Kauf. Was gäbe ich darum, wär' ich der Eine!

Ernestine. Sind Sie denn frei? Sind Sie durch nichts gebunden?

Alexis. In Ihrer Nähe fühl' ich mich gebunden. Ich bin im Banne eines Schattenbildes, das für die Lebenden nicht existirt.

Ernestine. Sie fühlen einem Schatten sich verpflichtet?

Alexis. Ja, eine Abgeschiedene hat ein Recht an mich und wäre ich abergläubig, nährte ich Gespensterfurcht, man könnte mich mit leichter Mühe überreden, diese Seele sei dem Grabe wiederum entstiegen, um unbeglichene Schulden einzuziehen. (In höchster Erregung.) Bist Du's, so sprich! Du gleichest jenem Mädchen im Gang und Haltung, mehr noch in der Sprache, und schwören will ich drauf ihm gleiche Dein Gesicht. Gib mir Gewißheit, mache mich nicht rasend! Mein Auge ist gebannt an diesen Schleier — mein siedend Blut sprengt mein versengt Gehirn. Entferne schnell das neidische Gespinnst; zeig' meinen Blicken Dein entschleiert Bild und wär's mein Tod — ich muß — ich will Dich sehen!

Ernestine. O, unerhört! Welche eine Sprache! Wie kühn und keck! Sind Sie ein Cavalier?

Alexis. Was Cavalier! Der Mensch spricht jetzt aus mir! Wenn auch nicht völlig Sclave meines Blutes, bin ich doch seiner Herrschaft unterthan. Seit ich die süße Stimme wieder hörte, die mich an eine Stunde höchsten Glücks erinnert, erwachte auch zugleich die Stimme des Gewissens, die mich an Zahlung einer schweren Schuld gemahnt. Ich will sie tilgen

diese Schuld, mit allem was ich bin und was ich habe, mit
Geld und Ehre und mit dieser Hand!

Ernestine. Doch jenes Weib ist todt!

Alexis (außer sich). Mag es für Andere auch begraben
sein, mir lebt es — und in Dir! Es kehren Todte sicherlich
nicht wieder, doch ihr Gedächtniß lebt bei Menschen fort! Nimm
Du ihr Erbe auf, zahl' mit dem Hasse, ich tilge mit der Liebe
gleiche Schuld. Du willst dem Einen nur Dein Antlitz zeigen,
dem Einen, den Du — hassend — dennoch liebst! Ich — ich
will dieses Glücks theilhaftig werden, ich will Dein Auge sehen,
das im Zorne glüht! Herab den Schleier, der mein Leben
birgt! (Er ist im Begriff, den Schleier herabzureißen.)

Lazar (dazwischentretend). Zurück, Verwegener! Sühnt
man begangenen Frevel durch erneute Schuld?

Alexiß. Geh' aus dem Wege, Mann! Komme, was da
wolle! Und wär's das Antlitz der Medusa und träte selbst
Verwesung mir entgegen, ich will Gewißheit. Bist Du Ernestine?

Ernestine (mächtig). Ihr Schatten ist's, Alexis Karbanoff!

Alexis (jubelnd). Sie ist's, sie ist's! Herab die neidische
Hülle!

Lazar (ihm einen Revolver vorhaltend). Mensch, reize nicht
zur Unzeit einen Vater, der sein gemordet Mädchen rächen muß!

Alexis (entreißt ihm die Waffe und schleudert sie nach rückwärts). Weg mit dem Spielzeug! Dazu ist's später Zeit! Ich
stelle mich, Du hast mein Wort darauf! Die Todte aber will
ich sehen, unverhüllt! (Eilt Ernestine, die in's Haus flüchten will,
nach und erreicht sie an dem Aufgang der Treppe, faßt den Schleier,
dieser fällt herab. In diesem Augenblicke werden die Flügelthüren des
Hotels geöffnet und ein intensiver Lichtstrahl aus dem Hausflur trifft
Ernestinen's volle Gestalt und Angesicht.)

Therese (in der Thüre stehend). Was für Geschrei! Herr
Gott, die schwarze Dame! Welch eine Schönheit!

Alexis (hat Ernestine überholt, hält diese mit dem rechten Arm
umschlungen und sieht ihr in's Gesicht, mit der Linken gebieterisch
Therese zurückweisend). Gieb Raum dem Licht! — Du bist es
— Ernestine!

Ernestine. Das ist zuviel! — Ich sterbe! (Droht nieder-
zusinken.)

Alexis. Nein, Du sollst leben! Neu für mich geboren!

Therese. Da kommen die Gäste zurück vom Feuerwerk! —

Lazar (Alexis hart anfassend). Genugthuung!

Alexis. Ich werde sie geben. Kein Aufsehen jetzt! Sie haben mein Wort, ich kehre morgen wieder. Ich sühne meine Schuld. Ich stelle mich!

Lazar. Verbrecherworten schenke ich nicht Glauben!

Alexis (streng). Herr — —! (Besinnt sich plötzlich, kniet vor Ernsteine nieder, die sich mühsam an Therese aufrecht hält.) Ernestine, so glaube Du mir — höre meinen Schwur! Ich liebe Dich und werbe um Deine Hand! Hast Du gehört?

Ernestine (schlägt die Augen auf, ihn ansehend). Ja!

Alexis. Und glaubst Du mir?

Ernestine. Ich glaube — ja!

Alexis. So lebe wohl — bis morgen! (Springt auf und eilt über die Treppe nach dem See hinab.)

Lazar (faßt den Revolver rasch von der Erde auf, und will Alexis nacheilen). Der Schurke entflieht!

Ernestine (reißt sich mit jähem Schrei von Theresen los und fällt Lazar in die Arme.) Laß ihn! Er kehrt zurück!

Lazar. Verrätherin! Was gilt Dir dieser Mann?

Ernestine (hat sich gefaßt, mit Hoheit). Nicht mehr, als was er darf! Ein Opfer Deiner Rache.

31

(Der Vorhang fällt.)

___

Unverkäufliches Manuscript.

Vierter Akt.

(Salon im Hotel. Im Hintergrunde eine Glas-Flügelthüre, welche auf einen Balkon führt, von dem aus man die den Gardasee umgebenden Gebirge sieht. Rechts zwei Seitenthüren; die vordere ist der allgemeine Eingang, die zweite führt in Lazars Schlafzimmer. Links eine Seitenthüre zu Ernestinens Zimmer. Vorn ein Fenster. Auf dem Balkon steht ein Lehnsessel. Sonstige Einrichtung nach Gefallen der Regie.)

1. Scene.

Lazar. Lorenz.

Lazar (eben eintretend und den Hut wegstellend). Der Wagen steht bereit?

Lorenz. Ja wohl. Mit zwei guten Pferden. Es sind die besten, weil's die einzigen sind, die hier im Orte aufzutreiben waren.

Lazar. Und für den ganzen Tag gemiethet?

Lorenz. Wie Sie befahlen.

Lazar. Kämen nun Passagiere, die eilig zur Bahnstation nach Mori gelangen wollen —?

Lorenz. So müßten sie mit Ochsenvorspann vorlieb nehmen.

Lazar. Gut. — Begib Dich sogleich auf's Gemeindeamt und stelle Dich dem Polizeikommissär aus Riva für heute zur Verfügung.

Lorenz. Sofort. — Aber vorher — Herr Lazar, ich habe etwas auf dem Herzen. Dürfte ich's in der Geschwindigkeit noch abschütteln.

Lazar. Schnell denn!

Lorenz. Ich habe hier im Hause eine frühere Geliebte wiedergefunden und zwar genau in status quo ante criminalibum! Das heißt, sie ist mir treu und hold verblieben und liebt mich) noch mit gleicher Hingebung wie ehedem. Da man dergleichen nicht alle Tage findet, so beabsichtige ich dieses Juwel mit unauflösbaren Banden an mich zu fesseln, will sagen: sie zu heirathen. — Wir gründen dann in Wien ein Weißwaaren= geschäft und die gute alte Tante Hahn nehmen wir zu uns in's Haus. — Nun möchte ich gerne wissen, wann allenfalls —

Lazar (einfallend). Ich Dich entbehren kann? Ich denke sehr bald. Vielleicht geht heute schon meine Mission zu Ende. Das Fräulein nach Wien zurückzubegleiten sei Dein letzter Dienst.

Lorenz. Sie selbst kommen nicht nach Wien zurück?

Lazar. Davon später. Ernestine kommt; lasse mich mit ihr allein.

Lorenz. Wie Sie befehlen! (Ab, Seite rechts I.)

2. Scene.

Lazar. Ernestine. (Ganz zum Schluß) **Therese.**
(Ernestine ist von Seite links eingetreten, in gleicher Toilette wie im vorigen Akte, nur ohne Schleier.)

Lazar (geht auf sie zu, nimmt sie bei der Hand und führt sie vor). Ein wichtiger Tag, der heutige, liebe Ernestine. Für Sie bedeutungsvoll, für mich kann er verhängnißvoll werden. In seinem weiteren Verlaufe dürfte ich schwerlich noch Gelegenheit finden, mich mit Ihnen auszusprechen und dies ist nöthig, bevor die unabwendbare Katastrophe herein bricht. Gestern Abend wurde mein Vertrauen zu Ihnen erschüttert.

Ernestine. Das befremdet mich. Die Art, wie ich die mir aufgenöthigte Rolle spielte, sollte es vielmehr befestigt haben.

Lazar. Sie wären eine vollendete Schauspielerin, wenn die Scene im Garten nur gespielt war. Die allzugroße Natürlichkeit aber, welche bei diesem Spiele zu Tage trat, schwächt den Glauben an bewußte Täuschung ab. Die gestrige Zu= sammenkunft zwischen Ihnen und Karbanoff war von mir arran= girt, sie lag in meinem Plane. Der Erfolg jedoch entsprach nicht der gehegten Erwartung. Auf alles Andere war ich vorbereitet, nur darauf nicht, daß Sie den Räuber Ihrer Ehre — lieben!

Ernestine (erschreckt). Wer sagt Ihnen —?

Lazar. Sie fielen gestern aus Ihrer Rolle.

Ernestine. Beruhigen Sie sich über mich. Ich habe ausgelebt und — ausgeliebt. — Was ich Ihnen angelobte werde ich halten. Ich war und bleibe ein willenloses Werkzeug in Ihrer rächenden Hand. Ein Werkzeug — denn ich selber habe nichts zu rächen. Ich leide nur verdientermaßen unter den Folgen selbstgeschaffener Schuld. Ich machte mich des Treubruchs schuldig an einem Manne —

Lazar (lebhaft einfallend). Der ein Bube war, so schlecht und sündhaft wie der ältere Sohn derselben Mutter.

Ernestine. Dies kann und darf mir nicht als Vorwand dienen, die Strafbarkeit meines Thun's in meinen Augen abzu= schwächen. Zur Zeit des Verraths wußte ich noch nicht, daß ich mein Herz an einen Unwürdigen verschenkt hatte, der mir listig selbst die Falle stellte, in die ich fiel.

Lazar. Und um dieses vermeintlichen Vergehens willen weihten Sie sich selbst dem Tode?

Ernestine. Um dieses —? O, dürfte ich's mir selbst nur eingestehen! Das eben ist's, was mir die Seele drückt! — Brechen wir ab davon.

Lazar (sehr ernst). Hast Du des endlichen Ausganges auch schon gedacht? In welcher Weise glaubst Du, wird er seine Schuld an mich bezahlen müssen?

Ernestine. Nun, ist sie damit nicht getilgt, wenn Ihr Plan gelingt, mich ihm gesetzlich zu verbinden und er für's Leben an ein Weib gefesselt ist, das ihm nicht angehört? Das von ihm ferne in klösterlicher Zurückgezogenheit, sich ausschließlich nur dem Dienste der leidenden Menschheit, in freiwilliger Kranken= pflege weiht?

Lazar. Damit ist ein Verbrechen nur gesühnt, das er an Dir verübte. — Und wenn Du — was ich fürchte — ihn noch liebst, so hast Du diese Sünde längst vergeben.

Ernestine. Sie machen mich irre an mir selbst durch solche Reden. Quälen Sie mich nicht länger.

Lazar. Ein unlösbares Räthsel bleibt ein Frauenherz. So bin ich denn genöthigt, das begonnene Werk in anderer Weise und allein zu Ende zu führen. Doch darf ich Dir die volle Wahrheit nicht länger vorenthalten. Alexis Karbanoff that mehr, als Dir bis jetzt bekannt war. Einer armen Wittwe raubte er den Ernährer; er ist der Mörder des Diurnisten Hahn, des Sohnes jener Frau, die Deine Pflegerin ward.

Ernestine (im höchsten Grade erschüttert). Entsetzlich! — Das ist nicht möglich!

Lazar. Diese Unthat weist ihn vor das Kriminalgericht. Meine Amtspflicht steht dem Vatergefühle in mir voran.

Erneſtine. Und wirklich wäre das? Es iſt erwieſen?

Lazar. Seit heute — ja!

Erneſtine. Er kam ja damals erſt aus Rußland an!

Lazar. Er mußte die Behörde geſchickt zu täuſchen. Man wähnte ihn in Indien und er war in Wien, unter anderem Namen. Für Franziska aber hieß er Karbanoff, dafür beſitze ich untrügliche Beweiſe.

Erneſtine. Wenn dies der Fall geweſen iſt, warum ward er nicht lange ſchon verhaftet?

Lazar. Weil er — ſonderbar genug — ſich der ganz beſonderen Gunſt hochſtehender Perſonen erfreute und weil mir allergrößte Vorſicht und Schonung anempfohlen waren. Ich ſuchte ihn in ſeiner Heimath auf. Es mußte mir Alles daran gelegen ſein, ihn auf öſterreichiſches Gebiet, auf den Schauplatz ſeiner Verbrechen, zurück zu führen. Hier erſt gehört er uns und — mir!

Erneſtine. Und was wird nun geſchehen?

Lazar. Die Umſtände ſind ihm günſtig. Seine Haft wird nicht von langer Dauer ſein.

Erneſtine. Und was geſchieht mit mir?

Lazar. Seine Gefangennahme iſt kein Hinderniß für die Copulation.

Erneſtine. Nie — nimmermehr! Der Umſtand war mir unbekannt und er vernichtet den geſchloſſenen Vertrag. Ich habe gefrevelt an mir ſelbſt und an dem Angedenken meiner braven Eltern; doch einer Schändung meines Namens käme es gleich, würde ich auf dieſer Bahn weiter ſchreiten. Nein, auch nicht für eine kurze Stunde, ja nicht einmal zum Scheine mag ich für die Gattin eines abgeſtraften Verbrechers gelten.

Lazar. Und wo bleibt die Genugthuung für Dich? Wo die Vergeltung anderer Miſſethat?

Erneſtine. Ich meinerſeits verzichte. — Und iſt er mit der fürchterlichen Schmach, die ihn belaſtet, nicht auch für andere Thaten ſchon genug beſtraft. Gibt's etwas Schrecklicheres als die furchtbare Gewißheit bis an das Ende ſeiner Tage nachſchleppen zu müſſen, daß man bei Menſchen verfehmt iſt?

Lazar (nach kleiner Pauſe, während welcher er kaum merklich zuſammenzuckte und den Blick zur Erde ſenkte). Vor dieſem Augenblicke habe ich mich gefürchtet. Doch kommen mußte er einmal. Höre mich! Du ſollſt Dich keiner Täuſchung hingeben über das, was geſchehen ſoll und unabwendbar ſich vollziehen wird.

Du sollst das schon gefällte Urtheil kennen, das ein Entehrter, ein Verfehmter an ihm vollstrecken wird.

Ernestine (auf's Höchste erstaunt). Vom wem sprechen Sie? Wer ist entehrt, verfehmt?

Lazar. Ich!

Ernestine. Das ist nicht wahr! Sie sind die Ehre selbst!

Lazar. Ich habe eine schwere Kerkerstrafe in Dauer von fünf Jahren abgebüßt.

Ernestine. Allmächtiger! Was hatten Sie verbrochen?

Lazar. Setze Dich nieder und höre mir zu! Lasse Dir kein Wort verloren gehen, denn der Stoff verträgt nicht allzugroße Deutlichkeit; ich muß es Deinem Verstande überlassen, etwaige Lücken in der Erzählung selbstthätig auszufüllen. — Ja, Mädchen, auch für mich gab es eine Zeit, wo ich als Mensch mich eines Daseins freute, das mir heute schaal und nichtig scheint. Damals hatte ich noch Achtung vor meinesgleichen, ja noch mehr: ich liebte meine Nebenmenschen wie mich selbst! — Auch ich lernte jenes Gefühl kennen, das von den Dichtern aller Zeiten bald als Himmelsfreude, bald als Höllenleid besungen wird. — Ich liebte mit einer Leidenschaft, wie sie ein heißblütiger Jüngling nur zu hegen vermag, und stürzte blindlings in das allbekannte Netz, aus dessen Maschen nur der Tod uns lösen soll. Ich war vermählt und Vater. Mein Beruf als Arzt führte mich in die besten Gesellschaftskreise; meine materiellen Verhältnisse waren die günstigsten, und — fast schäme ich mich heute, das Wort auszusprechen — ich war glücklich. Ach und mein Töchterchen — wie liebte ich es! Die ersten Sprößlinge dieser Ehe waren früh gestorben. Das Eine — jüngste, war nur übrig geblieben und alle Liebe, die dem davon erfüllten Vaterherzen überströmte, ergoß sich auf das blonde Lockenhaupt des holden Kindes. (Mache eine Pause und blickt wie verloren vor sich hin.)

Ernestine. O, armer Vater! Und solcher Ausgang!

Lazar. Zehn Jahre waren wir verheirathet und meine Frau bei jener Altersstufe angekommen, die keinem Weibe gänzlich ungefährlich bleibt. Die Kenntniß dessen, was ein Mann erdulden, verschweigen und bemänteln kann, bevor der letzte Rest von Liebe aus seinem Herzen schwindet, sollte mir nicht vorenthalten bleiben. An die verwaiste Stelle traten Ehre nun und Pflicht! Von da ab lebte ich nur noch der Beiden Machtgebot! Die Ehre meines Hauses rein zu erhalten, war ich Tag und Nacht geschäftig. Fortwährend auf der Lauer liegend, fand ich nirgends Ruhe und mein Leben war mir bald zur Qual geworden. Das entnervende Gefühl, berechtigten Arg= wohn hegen zu müssen, machte mich sogar für eine Zeit lang so feige, daß ich die kaum noch nothdürftig bedeckte Schmach selber nicht erkennen wollte. Ich ging der entsetzlichen Gewiß= heit scheu aus dem Wege. Woher solche Schwäche? Weil ich mein holdes Kind so unaussprechlich liebte, daß ich bei dem Gedanken jäh erschrak: es könne sich über diese Rosenlippen einmal die Frage nach der Ursache drängen, die seine Eltern von einander schied.

Ernestine! Sie leiden furchtbar. Ersparen Sie sich den Schluß der Erzählung. Leicht ist er zu errathen.

Lazar. Vielleicht doch nicht; denn eine Stunde kam, in welcher die Ehre der Schwäche obsiegte und ich die mir und meinem Namen zugefügte Schmach von mir abschüttelte und das meiner Hausehre aufgedrückte Brandmal abwusch mit Menschenblut. — Ist Dir Franziska's That nun begreiflich? Gerechtfertigt ist ihr anscheinend frevelhaftes Thun; denn nach= dem sie ihren tiefen Fall erkannte, gedachte sie alsbald des Schreckenstages vor fünfzehn Jahren, an welchem sie — da= mals ein fünfjähriges Kind — durch diese Hand ihre Mutter verlor.

Ernestine. Entsetzlich!

Lazar. Franziska kannte mich und fürchtete nicht ohne Grund, es könne die Nothwendigkeit an mich herantreten zum zweitenmale Rächer meiner Ehre sein zu müssen und eingedenk der schweren Folgen solcher That, brachte sie ihrer Kindesliebe das Opfer und schied freiwillig aus dem Leben. So nur ist ihre unglückliche That aufzufassen — so nur darf ich sie auf= fassen, wenn ich Ihr Angedenken nicht verfluchen soll.

Ernestine. Und büßte nur die Gattin ihren Fehl? Was ward aus dem Verführer?

Lazar. Darüber lasse mich schweigen. Scham und Ekel binden mir die Zunge. — Ich wurde zu fünf Jahren Kerker verurtheilt, weil ich in der entsetzlichen Stunde meines Lebens noch so viel Ruhe besaß, um nicht wie ein wildes Thier über den Ehrendieb herzufallen und ihn mit Fingern und Zähnen zu zerfleischen. In diesem Falle würde ein Freispruch erfolgt sein. Ich aber ließ ihm so viel Zeit den Degen zu ziehen, womit er mir einen Hieb über den Kopf versetzte, dann erst stieß ich ihn mit seiner eigenen Waffe nieder. — Nun da Du dieses weißt, wirst Du über die Art nicht mehr im Zweifel sein, wie meines Kindes Mörder enden muß.

Ernestine. Sie wollen ihn tödten?

Lazar. Ich will und muß.

Ernestine. Und Sie, was wird aus Ihnen?

Lazar. Ein stiller Mann! — Ich folge ihm sogleich!

Ernestine. Nein, nein, um keinen Preis, das darf nicht sein! Floß nicht schon Bluts genug durch diese Hand?

Lazar. Aus einem längst versunknen Grabeshügel tönt an mein Ohr der Ruf: Gerechtigkeit! Die gleiche Strafe gleicher Missethat! — Und Rache schreit's aus einem kaum ge= schlossenen Grabe. Mein Kind nahm schonungsvoll mir schon das Schwerste ab; was noch für mich zu thun bleibt ist Kinderspiel.

Ernestine (in höchster Erregung). Nie, nimmer darf's ge= schehen! Es gibt Mittel solche Gräuel zu verhindern! Ich warne ihn! Ich melde dem Gerichte, was ich von Dir vernahm. Beging er das Verbrechen —, soll er's büßen, — doch nicht in solcher Weise. Ich selber will —! O laß mich d'rüber denken. Ja — ich will mich opfern —, will Franziska's Rache über= nehmen; ich will ihm angehören, doch er soll in mir nur stets die Todte sehen. Sein Leben sei verflucht, verfehmt, entehrt. — Doch sterben, sterben sollt Ihr Beide nicht.

Lazar. Du möchtest eher einen Stein erweichen, ehe es Dir gelänge mich von meinem Vorsatz abzubringen. — Es ist beschlossen! Und es muß bald geschehen, früher noch als es bis= her in meiner Absicht lag.

Ernestine. Doch Deine Amtspflicht — Vater, denke Deines Eides!

Lazar. Mein Amt — (sieht sie wie abwesend an) noch heute lege ich es nieder. Es ist die höchte Zeit! Die Wunde, die mir jener Schurke schlug, war nie vernarbt und blutet wieder neu und schmerzt mich sehr in diesen letzten Tagen. (Er greift nach dem Kopf, dumpf.) Schon seit Wochen schwebt ein Gespenst vor meinen Blicken, das mich mit banger Furcht er= füllt. Und dies Gefühl der Furcht das mich beschlichen, läßt mich das Schlimmste ahnen! Darum zum Ende, ehe mich der Wahnsinn packt und meinen Geist umnachtet. Ich fühle es — er naht. Die Wunde brennt und sengt mir das Gehirn. — Fort, fort! — — (Die Hand auf Ernestinen's Schulter legend, feierlich.) Du aber, die seit ihrer Auferstehung von den Todten, den Namen eines Entehrten trug, die vor der Welt mein Kind geheißen hat, Du sei von heute wiederum Du selbst! — Ich danke Dir für mir bewiesene Liebe. Es gab Augenblicke, wo ich durch Deine Zuneigung vergaß, daß ich ein kinderloser Vater war; ich danke Dir. Lasse Dich nochmals umarmen — nimm' diesen Vaterkuß. (Küßt sie auf die Stirne.) Und nun — sei frei!

Ernestine. O Vater! Du selbst erlaubtest mir Dich so zu nennen — o sei nicht lieblos, sei nicht grausam gegen mich! Du warst's, der mich dem Leben wiedergab, o überlasse jetzt die doppelt arme Waise nicht sich selbst! Laß' mich Dich lieben Vater und vergiß die bösen Worte, die ich vorher sprach; ich kannte ja Dein furchtbar Schicksal nicht. Du nanntest Dich entehrt, — nein — nein Du bist es nicht. Ich will mit Stolz Deinen Namen tragen; nimm' mich als Kind an, lasse mich Dich pflegen, laß' mich Dich lieben! Laß' den Verführer ziehn, über= lasse ihn der Strafe der Gesetze und des eigenen Gewissens. Der Ewige im Himmel möge richten! Du aber ziehe mit mir in ein fremdes Land, dort wo uns Niemand kennt, will ich für Dich als Deine Tochter leben; Du wirst mich lieben wie Dein eigen Kind.

Lazar. Und möcht' ich auch der holden Botschaft lauschen, die mir ein langentbehrtes Glück verheißt — es ist zu spät! Die Häscher haben schon dies Haus umstellt. Man wird ihn in Untersuchungshaft abführen und alsdann nach Wien bringen. Was geschehen muß, muß bald geschehen. Später wäre es zu spät.

Therese (in der Seitenthüre rechts I. erscheinend). Herr Doktor, dieser Herr ist da! (Gibt ihm eine Karte.)

Lazar (zu Ernestine, bezüglich). Er schickt mir seine Karte. (Zu Therese.) Er möge kommen!

Therese (verschwindet).

Ernestine. Nein, nein! Ich kann ihn jetzt nicht sehen.

Lazar. Er wird Dir seine Hand anbieten, wie er's versprach.

Ernestine. Nie willige ich ein.

Lazar. Thu' was Du willst. Von mir aus hast Du freie Hand. Willst Du gesetzlich seinen Namen tragen, so spare ich die That bis dies geschehen auf. Ich gehe jetzt. — — Was ich zuvor aus meinem Leben und meine Absicht ihn betreffend, Dir entdeckte, war nur für Dich bestimmt. Erfährt er das Geringste nur davon, so sterben wir in dieser Stunde Beide hier vor Deinen Augen. Sobald er diese Schwelle überschritten, gehört er dem Gerichte. Als freier Mann verläßt er dieses

Haus nicht mehr; ob er es lebend noch verlassen wird —, es liegt in Deiner Hand. Sei dessen eingedenk. (Es klopft.) Herein!

3. Scene.

Vorige. Alexis.

Alexis (in elegantem Salonanzug, macht eine ceremonielle Verbeugung). Mein Herr —! Mein Fräulein —! Ich habe um Entschuldigung zu bitten, wenn ich warten ließ. Schon im Begriff in den Wagen zu steigen, um hierher zu fahren, wurde ich von Amtswegen aufgefordert, Aufschlüsse in einer Angelegenheit zu geben, die mir völlig unbekannt war. Das hielt mich ziemlich lange auf und deshalb —

Lazar. Sie kommen nicht zu spät und nicht zu früh. Es ist die rechte Zeit. Doch muß ich bitten, mich zu entschuldigen, wenn ich Sie jetzt mit dem Fräulein allein lasse.

Alexis. Gern hätte ich vor dem Vater mir der Tochter Hand erbeten, doch —

Lazar. Seit gestern wissen Sie, wer diese Dame ist. Sie ist vollkommen Herrin ihres Willens. Sie möge handeln, wie ihr das Gefühl, wie die Vernunft ihr räth. In jedem Falle bleibe ich, für Dauer meines Lebens noch, ihr Freund. (Ab in die zweite Seitenthüre rechts.)

4. Scene.

Alexis. Ernestine.

Ernestine (nach einer Pause, während welcher sie sich zu fassen sucht, giebt sie Alexis ein Zeichen sich niederzusetzen; setzt sich dann selbst sichtlich angegriffen am Tische links nieder).

Alexis. Ich weiß nicht, wodurch ich mir das Uebelwollen des Herrn Doktor zugezogen habe, das mich — aufrichtig gestanden — schmerzlich berührt. Als ich in Mitau seine Bekanntschaft machte, glaubte ich mich beinahe zur Annahme berechtigt, als ob er meinen Umgang suche. Seiner lebendigen Schilderung der Reize dieser Landschaft war es hauptsächlich zuzuschreiben, daß ich die, allerdings schon früher geplante Reise thatsächlich unternahm. Um so mehr muß mich sein plötzlich so frostig gewordenes Benehmen befremden.

Ernestine (steht in großer Unruhe auf und sieht durch's Fenster). Wenn nicht's Schlimmeres Ihre Ruhe stört, dann —

Alexis. Auch der Empfang, den ich bei Ihnen finde, ist mir, nach alledem was gestern Abend erst geschah, nicht recht erklärlich. — Mit dem besten Vorsatze begangenes Unrecht wieder gut zu machen, überschritt ich diese Schwelle. Ich glaubte in Ihren Blicken Vergebung dessen gelesen zu haben, was im Augenblick seligen Selbstvergessens gesündigt ward und was der Vergebung nicht mehr bedarf, sobald Sie diese Hand, welche ich Ihnen zum ewigen Bunde anbiete, der Annahme würdigten.

Ernestine. Weiß Ihre Mutter auch um diesen Schritt?

Alexis. Sie weiß, daß ich ihn willens bin zu thun.

Ernestine. Und billigt ihn?

Alexis. Gewiß. Doch wäre dies auch nicht der Fall, so bin ich vollkommen Herr meiner Handlungen und Niemandem Rechenschaft schuldig.

Ernestine. Auch nicht in diesem Falle?

Alexis. Hier am wenigsten. Fürchten Sie indessen nicht, daß diese würdige Frau, der ich mit heißer Kindesliebe zugethan bin, Sie nur in Folge unabweisbaren Zwanges als Tochter willkommen heißen wird; Sie dürfen volle Mutterliebe erwarten und mit Recht.

Ernestine. Selbst dann, wenn sie erfährt, daß ich vordem die Geliebte ihres jüngeren Sohnes war?

Alexis. Das weiß sie bereits.

Ernestine (heftig bewegt). Sie weiß? Und trotzdem?

Alexis. Als ich aus der Zeitung Ihren freiwillig gesuchten und gefundenen Tod erfuhr, konnte ich dem Drange, mich einer gleichgestimmten Frauenseele gegenüber auszusprechen, nicht länger widerstehen. Wer stand mir näher auf der weiten Welt als jene Frau, der ich mein Dasein danke. Auch in ihrem Leben hatte opfermuthige Liebe eine Rolle gespielt. Ich betheuerte feierlichst, daß, wäre Ernestine Sanders noch am Leben, ich sie bitten würde meine Frau zu werden.

Ernestine (erschüttert). Und Ihre Mutter —?

Alexis. Es perlten Thränen in den treuen Augen, als sie sprach: Ich segne Dich um dieser Regung willen, die Dich ehrt.

Ernestine. Doch wie sie solches sprach, da glaubte sie mich todt.

Alexis. Noch gestern habe ich sie telegraphisch verständigt, daß Sie leben und daß ich im Begriffe stehe mich Ihnen ewig zu verbinden.

Ernestine (verwirrt). Das wäre — wirklich? — Und wie nahm Iwan die Nachricht von meinem Tode auf?

Alexis. Ich möchte gern die Antwort schuldig bleiben. — Nachdem er, anscheinend bereuend, in den Schoß seiner Familie zurückkehrte, werde ich die nahe Verwandtschaft zwar respectiren, doch meinem Herzen ist und bleibt er fremd.

Erneſtine. Um meinetwillen? Das wäre hart. Das Anrecht auf seine Achtung habe ich verwirkt.

Alexis (lebhaft). O sprechen Sie nicht so. Schon früher war ich gezwungen Ihnen Aufschluß über die Vergangenheit dieses verlorenen Jünglings zu geben. Ich war es Ihnen, mehr aber noch mir selber schuldig, denn gleich nachdem eine vorgefaßte, irrige Meinung über Sie von mir gewichen war, brach sich das lebhafteste Intereſſe an Ihrem Leben Bahn. Rasch folgte Neigung nach und dieser — Liebe, heiße, verzehrende Liebe! Erneſtine, was ich gelitten bei der Nachricht Ihres Todes, Sie werden es zu würdigen vermögen, wenn Sie als Wittwe einſt an meinem Sarge ſtehen. Ein Telegramm aus Mitau meldete mir eine Verschlimmerung des Zuſtandes meiner kranken Mutter; ich mußte damals abreisen — ohne jeglichen Verzug. War dies nicht der Fall, so wäre — ach so vieles ungeschehen geblieben. Doch aus der Depesche, welche ich von Krakau an Sie absandte, hätten Sie wohl erkennen sollen, daß es kein Schurke war, den Sie mit Ihrer Gunſt beglückt hatten.

Erneſtine (überraſcht). Eine Depesche?

Alexis. Gewiß. Am nächſten Morgen.

Erneſtine. Ich empfing ſie nicht. Dafür aber einen Brief von Iwan. — Ich ſandte diesen sofort in Ihr Hotel. Mein Bote brachte mir die Poſt zurück, Sie seien abgereiſt. Daraufhin verließ ich meine Wohnung und bin bis heute nicht zurückgekehrt.

Alexis. Darum also, darum?! Mein Gott, wie erbärmlich mußte ich daſtehen in Ihren Augen. Jedoch das Telegramm, wo mag es geblieben sein?

Erneſtine (beſtimmt). Die Heigel hat es Iwan zugeſendet; ſie war's ja auch, die mich an ihn verrieth.

Alexis. Und so erklärt ſich alles! — Die Buße, welche Sie ſich auferlegten, war furchtbar und wäre — zur Aus= führung gelangt — um so entsetzlicher gewesen, als ſie um Nichts geübt ward. Gepriesen sei der Zufall, der den braven Mann zu Ihrer Rettung ſandte, den Sie seit jener Stunde Vater nennen.

Erneſtine (wie aus einem Traume erwachend). Lazar! — O weh mir, wie konnte ich nur alles um mich her vergessen!

Wie grausam bist Du, Himmel, mich so gewaltsam zu erwecken aus so schönem Traum! Wie klangen doch die Worte dieses Mannes so wahr, so schön und ich, (fast weinend) gestehe ich es nur, ich lauschte ihnen gerne. Hab' ich ja doch ein Herz noch in der Brust und wenn dies alles wahr ist, was ich hörte —! Doch nein! Es kann nicht wahr, muß Lüge sein! Denn jenes Mädchen, welches gleiche Wege ging wie ich, und jener junge Mann, den er, — — (wie vor sich selbst erschreckend) nein, nein — das ist nicht, kann nicht möglich sein!

Alexis. Ernestine, Sie blicken mich nicht an! — Gewiß, ich frevelte, ich gebe es reumüthig zu. Doch welcher mächtige Trieb gebar die That? Was Liebe sündigte, sollte sie es nicht auch wieder gut machen können?

Ernestine. Ich bin zunächst die Schuldige, darüber ist kein Zweifel. (Beklommen.) Um dieser Sünde willen gehen Sie erleichtert von hier fort.

Alexis. Nein, Ernestine, seien Sie nicht allzumild. Denn solcher Großmuth Last auf meine Schuld gebürdet, sie müßte mich erdrücken, spräche nicht Ihr Mund auch das Erlösungs= wort: ich will Dir angehören als Dein Weib.

Ernestine (für sich, vor innerer Erregung fast zitternd). Das kann unmöglich Lüge sein. (Sich gewaltsam fassend.) Sie thaten des Mannes Erwähnung, der mich am Leben erhielt — —

Alexis (rasch einfallend). Der Himmel lohne ihm sein edles Thun; ich bin zu schwach dazu. Die Vorsehung, die ihn mir nahe führte —, sie will ich für die Dauer meines Lebens dafür preisen.

Ernestine (rasch einfallend). Die Vorsehung hat nichts damit gemein. Seine Reise nach Mitau ward in der Absicht unternommen, Sie hierherzulocken. Alles war Berechnung!

Alexis. In Wahrheit? Dies Bekenntniß macht mich glück= lich! Du dachtest meiner, Du ersehntest meine Wiederkehr. O Ernestine, heißgeliebtes Mädchen, halte nicht länger mit dem Geständniß zurück, daß Du mir längst verziehst, daß Du mich liebst.

Ernestine (in hoher Extase). O Du abscheulicher, geliebter Bösewicht! Sieh' was Du aus mir machtest! Verachte mich um meiner Schwäche willen, Du darfst es, ach, ich thue es ja selbst! Und dennoch — dennoch — sieh' ich kenne Dich, ich weiß was Du verbrachst; ich sehe auch das Schwert, das über Deinem Haupte hängt und das Dich unabwendbar treffen wird. Und trotzdem breche ich den Stab nicht über Dich! Weißt Du was ich mit diesem Worte aussprach? Ich stellte mich damit auf eine Stufe mit einem Manne, der sich gegen das Gesetz verging, der schwere Last auf seine Seele lud durch sein Verbrechen an Franziskas Ehre und seine Schuld an ihrem jähen Tod! Das Alles weiß ich jetzt und um dieser Kenntniß willen, sollte ich Dich hassen, Dich verfluchen — und ich thue es nicht! Noch mehr! Weil Du für immer mir verloren bist und weil uns diese Stunde trennt für alle Zeit, bekenne ich es freudig, wahr und offen, ja rufe es hinaus in alle Winde und wer da mag, verachte mich darum: Was ich gethan, ich that's aus freier Neigung, mit freiem Willen, denn ich liebte Dich!

Lazar (tritt aus der Seitenthüre rechts II und bleibt beobachtend stehen).

Alexis (aufjubelnd). Gesegnet sei für dieses Wort! O lasse Dir durch nichts das Hochgefühl verkümmern, das in die Seele einzog und Dein Herz erfüllt; denn mit derselben Inbrunst wie Du mich, so lieb ich Dich! Ich achte, ehre Dich und zum Beweise dessen, kniee ich vor Dir und bitte Dich: Fasse meine Hand, erhebe mich zu Dir und sei mein Weib vor Gott und vor der Welt.

Ernestine (im höchsten Taumel des Entzückens). Alexis! O mein Gott! Ja, ja — ich — —

Lazar (dazwischen tretend, ruhig). Es ist genug!

Alexis (aufspringend, rasch). Mein Herr, Sie hörten was ich sprach, es war die lautere Wahrheit. Ich liebe diese Dame, die Sie Tochter nannten, ich bot ihr meine Hand, und sie nahm an. O legen Sie auch nun die Ihrige in die dargebotene Hand eines Ihnen ewig dankbar, ergebenen Freundes.

Ernestine (dringend). O, thue es, Vater, denn er ist nicht schuldig; er kann's nicht sein! Im Irrthum bist Du über ihn und sein vergangnes Leben. Mein Herz spricht ihn von jeder Sünde rein!

Lazar. Was eines schwachen Weibes Herz für recht erkennt, das gilt nicht vor dem Forum der Justiz. Erst das Gesetz — dann Deine Ehre — zuletzt die Rache! So war's abgesprochen! (Zurückgehend und durch die Thüre sprechend.) Darf ich bitten!

5. Scene.
Vorige. Polizeicommissär. Therese.

Lazar (auf Alexis deutend). Das ist unser Mann.

Alexis. Was soll das alles? Ich verstehe nicht.

Lazar (leise zu Therese). Bleiben Sie Ernestinen zur Seite, vielleicht bedarf sie Ihrer.

Commissär. Sie sind Baron Alexis Karbanoff?

Alexis. So ist's. Und wer sind Sie? Mit welchem Rechte —?

Commissär. Für die Gesetzlichkeit meines Vorgehens bürgt diese Uniform. — Erkennen Sie diese Busennadel für die Ihrige?

Alexis. Wenn es nicht diejenige meines Stiefbruders ist, dann dürfte es die meine sein.

Commissär. Die beiden Herren besitzen vollkommen gleiche Brillantnadeln. Herr Adamowitsch befindet sich im Besitze der seinigen.

Alexis. Dann also ist's die meine.

Commissär. Auf dieses Geständniß hin, bin ich genöthigt Sie in Verwahrungshaft zu nehmen.

Alexis. Weshalb?

Commissär. Weil dringender Verdacht des Mordes auf Ihnen lastet.

Alexis (fast lachend). Des Mordes? Ah —!

Commissär. Begangen zu Wien in der ersten Juniwoche an dem Diurnisten Karl Hahn.

Ernestine (hat an Alexis Augen gehangen, ruft jetzt in siegesgewisser Freude). Das ist nicht wahr!

Alexis (sich nach ihr umkehrend, ihr die Hand reichend, freundlich). Ich danke Dir!

Commissär. Die Nadel stak in dieser Halsbinde, erkennen Sie auch diese als Ihr Eigenthum?

Alexis. Wie sollte ich dies auf den ersten Blick hin —

Commissär. Ich bitte, die innere Seite anzusehen.

Alexis (thut es). A—l— v. — K. a. — hm! Was wäre aus diesen Buchstaben zu folgern?

Commissär. Die Nadel sammt Binde fanden sich auf dem Schauplatze einer That, die dem erwähnten Morde kurz vorherging, und das hier fehlende, ohne Frage zum Ganzen gehörige seidene Läppchen, das damals von der Binde gewaltsam abgerissen wurde und auf der Brust des Attentäters zurückblieb, fand sich —

Alexis. Fand sich —?

Commissär. Bei heute Vormittag in Ihrer Abwesenheit, jedoch in Gegenwart des Herrn Iwan Adamowitsch, vorgenommener amtlicher Durchsuchung Ihrer Effecten, in dem Etui, das ursprünglich dieser Nadel als Behälter diente. —

Alexis. Haussuchung — bei mir?

Commissär. Auf der Rückseite dieses zum Ganzen passenden Stückes der Binde finden sich die letzten Buchstaben Ihres Namens.

Alexis. Und der größere Theil derselben, in welchem die Nadel steckte, wo befand er sich seither?

Commissär. In Verwahrung der Polizei-Direction zu Wien, welche diesen Mann hier, den Detectiv Lazar, mit der Verfolgung des Verbrechers beauftragt hatte.

Alexis (Lazar fixirend). Das also war's, was ihn nach Mitau führte.

Ernestine (in freudiger Erregung). Er erschrak nicht bei Nennung dieses Namens! Er kennt ihn nicht, er kennt Franziska nicht. O, Dank Dir, Himmel! — Lazar, er ist es nicht!

Lazar (halblaut vor sich hin). So scheint es!

Alexis (zum Commissär). Und eben erst fand sich dies Stück dazu?

Commissär. In der Schublade Ihres Schreibtisches; so ist's.

Alexis. Ei, das ist sonderbar. — Wo blieb mein Bruder?

Commissär. Ich weiß es nicht. Nachdem er den Beweis erbracht hatte, daß er sich im Besitze seines Eigenthums befindet, war kein Grund für uns vorhanden, ihn aufzuhalten.

Lazar (fährt mit beiden Händen jäh nach dem Kopfe und blickt starr vor sich hin).

Alexis. Sein Eigenthum? So, so! (Schmerzlich bewegt, dabei unwillkürlich nach Ernestine blickend.) O meine arme Mutter! Ernestine lebe wohl! Wohin werden Sie mich führen?

Commissär. Zuförderst nach Fort Nicolo, kaum eine halbe Stunde von hier entfernt. Gelingt es Ihnen, den auf Ihnen lastenden Verdacht zu entkräften, vielleicht durch Einbringung Ihres Alibi, so hat kein weiteres Aufsehen stattgefunden und Sie können ungehindert Ihrer Wege gehen.

Alexis. Ich bin bereit. — Ernestine denke Du das beste nur von mir. (Halb für sich.) Um seiner armen Mutter willen, will ich wünschen, daß —! Ja so —; wir sehen uns wieder! Kommen Sie, mein Herr!

Commiſſär (läßt ihn vorausgehen). Ich bitte. (Beide ab
I. rechts.)

Lazar (zu Erneſtine). Verharre eine Stunde hier im
Zimmer. Thereſe leiſtet Dir Geſellſchaft. Du wirſt dann von
mir hören.

Erneſtine. Lazar — o Himmel welcher Blick! Was
ſinnſt Du! Bei dem Angedenken Deiner Tochter beſchwöre ich
Dich — bedenke, überlege was Du thun willſt.

Lazar. Ich bedenke! (Mit dem Ausdrucke höchſter Angſt.)
Wenn dieſer ſchuldlos wäre, dann — o weh mir, wehe! (Hält
ſich die Hand vor die Augen.)

6. Scene. 31
Vorige. Lorenz.

Lorenz. Herr Doktor, der Commiſſär läßt bitten.

Lazar. Ich komme. Du erwarte mich. Bin ich in einer
Stunde nicht zurückgekehrt, ſo biſt Du Deines Dienſtes ledig.
Reiſe dann nach Wien und bringe der alten Tante meine beſten
Grüße. — Fort! (Raſch ab.)

Erneſtine. Gott im Himmel erbarme Dich dieſes ſchwer-
geprüften Mannes! — Und er — Alexis — ach und ſeine
Mutter! (In Thränen ausbrechend und ſich links niederſetzend.)

Thereſe. Nein, ſolche Aufregung! (Zu Lorenz.) Und
alles wegen Deines dummen Seidenlappens!

Lorenz. Ich weiß ja von gar nichts.

Thereſe. Hätteſt Du, wie ich es wollte, mir das Läppchen mit den eingeſtickten Buchſtaben gegeben, ſtatt dem
jungen Ruſſen, ſo wäre er jetzt nicht arretirt und das gnädige
Fräulein wäre nicht um den Bräutigam gekommen.

Lorenz. Wieſo arretirt? Der junge Herr ſitzt ganz gemüthlich da unten in der Pinienlaube am See und ſchlürft
ſeinen Kaffee.

Thereſe. Was redeſt Du da zuſammen? Ich meine ja
denjenigen, dem Du das ſeidene Läppchen als ſein Eigenthum
zurückſtellteſt.

Erneſtine (war aufmerkſam geworden). Wovon ſprechen Sie,
Thereſe?

Thereſe. Ei, hier der Lorenz war grade zur Zeit als
der Mord in Wien geſchehen war, mit dem Herrn Baron zuſammen gerannt und hat ihm bei dieſer Gelegenheit, natürlich

Unverkäufliches Manuſcript.

absichtslos, jenen Lappen, von welchem vorhin die Rede war, von der Brust geriſſen. Geſtern nun traf er den Herrn hier im Reſtaurant, er erkannte ihn und ſtellte ihm ſein Eigenthum zurück. Der Herr Baron legte es dann, wie vorher erzählt wurde, zu Hauſe in ein Etui und dort fand es bei der Haus= ſuchung die Polizei.

Erneſtine. Am Tage als der Mord geſchah — in Wien? Und das war Baron Karbonoff?

Lorenz. Aber nein! Nicht jener war es, der geſtern auf dem See mit Ihnen fuhr, ſondern der Andere, der Jüngere, mit der grauen Brille.

Erneſtine (freudig). Da wird es Licht! — Und dieſer junge Mann — Sie ſagten, er wäre gegenwärtig hier im Hauſe?

Lorenz (geht an's Fenſter links und zeigt hinunter). Dort ſitzt er.

Erneſtine (eilt zum Fenſter links und blickt, hinter Lorenz tretend, in den Garten hinab). Er iſt es, Iwan! (In die Mitte tretend für ſich.) Er iſt der Schuldige und ſein Bruder opfert ſich für ihn, um ſeiner Mutter willen, die ſolch' fürchterlichen Schlag nicht mehr ertrüge! Bald aber muß Alexis' Unſchuld klar erwieſen ſein, dann fängt man dieſen und — das muß verhindert werden. Er muß fort, muß fliehen! (Raſch zu den Anweſenden.) Hört mich, Ihr Beiden, thut mir was zu Liebe! Sie, Lorenz, eilen Sie hinab zu jenem Herrn und ſagen Sie: das Fräulein Erneſtine Sanders laſſe ihn um ſeinen Beſuch bitten; ich ſei ganz allein! — Machen Sie es äußerſt dringend, ſprechen Sie von alsbaldiger Abreiſe — in jedem Falle bringen Sie ihn hierher! Und iſt er hier, dann richten Sie mir in aller Stille ſchnell ein Boot, das hier unter dem Balkon an der Treppe anlegt. Ich ſelbſt will auf den See hinaus. — Du aber, Mädchen, das mir Liebe zeigte, Du komm' mit mir und hefte mir den Schleier! (Für ſich.) Noch weiß ich nicht, was ich beginnen werde, doch wird der Ernſt der Stunde mich Worte finden laſſen, die ihn erſchüttern und ihn beſtimmen werden zu entfliehen! Doch darf er nicht mein Antlitz offen ſehen! Leicht möchte er ſonſt dem Gefühle, das dieſe Angſt um ihn erzeugt, eine falſche Deutung geben und Lüſte in ihm wecken, die — mir ſchaudert, denke ich daran! (Laut.) Ich baue auf euch Beide, ſeid gewiß, ich werde dankbar ſein. (Ab Seite links.)

Therese. Also Lorenz packe Deine fünf Sinne zu=
sammen und mache nicht abermals einen dummen Streiche. (Ab
ihr nach.)

7. Scene.

Lorenz (allein).

Lorenz. Ich werde aus der Sache nicht recht klug. Wenn
Jener dort der längst Gesuchte wäre, so sollte ich doch meinen, dem
Fräulein müsse vor Allem daran gelegen sein, ihn dingfest zu
machen und der Polizei zu überliefern. Es scheint aber, als ob
sie ihm zur Flucht verhelfen wolle; wozu bestellte sie sonst das
Boot dort an die Treppe? — Bei solchem Wind und solchem
Wellengang macht man doch auf der Garda keine Spazierfahrt.
— Dort drüben ist schon italienischer Boden und ist er erst
dort, dann haben wir, vorläufig wenigstens, das Nachsehen und
mein guter Herr Lazar wird abgesetzt und obendrein noch tüchtig
ausgelacht! Und das erträgt er nicht, ich kenne ihn! Die
Schande brächte ihn um. Drei volle Monate treibt er sich auf
falscher Fährte herum und grade im Augenblicke, wo er den
Fehler ausbessern und seine Ehre retten könnte, durch Ein=
bringung des wirklichen Verbrechers —, läßt man diesen hinter
seinem Rücken entwischen! Ei das geht nicht! Fräulein Ernestine
mag ihre guten Gründe haben, zu handeln wie sie thut, aber
ich habe noch gewichtigere Gründe, die ihrigen nicht zu re=
spektiren. Ich bin der treue Diener meines Herrn, der mir
Gutes erwies und darf nicht dulden, daß es solch' ein Ende mit
ihm nimmt! — Die Worte, die er hier beim Weggehen sprach,
lassen mich das Schlimmste fürchten. Ich brauche gar nicht
erst nachzusehen, ob er seinen Revolver zu sich steckte. Er ge=
fällt mir schon die ganze letzte Zeit hindurch nicht besonders.
Er spricht oft wirres Zeug und blickt so stier. Hm, hm! Was
thue ich? Zur Eisenbahn könnte er nur zu Fuße gelangen,
denn er bekommt keine Pferde; also bleibt einzig der See. Ich
werde mir erlauben, ihm diesen Weg zu verlegen! — Vor allem
aber muß er hier herauf und ich auf Windesflügeln nach Fort
Nikolo, um Herrn Lazar ein Wort in's Ohr zu flüstern, wofür
er mir zeitlebens danken wird. (Eilt ab Seite rechts I.)

(Der Vorhang fällt.)

Manuscript not for sale.

6*

Fünfter Akt.

(Dieselbe Dekoration.)

1. Scene.

Ernestine. Iwan. (Zuletzt) Therese.

Ernestine (steht am Tische links; sie ist verschleiert, wie im dritten Akte. Nach kleiner Pause). Ich bin zu Ende. Ich habe keinen Versuch gemacht, eine Handlung, die ich nicht leugnen konnte, beschönigen oder gar entschuldigen zu wollen. Es war mir vielmehr ein Bedürfniß, mich — durch Ablegung dieses Selbstbekenntnisses — annähernd auf die gleiche Stufe mit demjenigen zu stellen, der mein Leben in frivolster Weise zu zerstören trachtete.

Iwan (auf der rechten Bühnenseite, mit der linken Hand sich auf eine Stuhllehne stützend, in nachlässig abwartender Stellung). Ich bin Ihnen dankbar für die hochinteressante Schilderung eines Zwischenfalles in Ihrem sonst so harmlos friedlichen Leben. Ich bekenne gleichzeitig, daß mir die Wahrheitstreue, mit welcher Sie die delikatesten Angelegenheiten eines Frauenherzens soeben offenbarten, gewaltig imponirt. Wenn mir etwas bei der Sache nicht gefällt, so ist es der unglückliche Versuch, den an mir begangenen Verrath durch die Behauptung abschwächen zu wollen: Sie hätten erst nach meines Bruders Erscheinen auf der Bildfläche Ihr Herz entdeckt und damit zugleich die Ueberzeugung gewonnen, daß Sie mich niemals liebten, ja, überhaupt vorher die Liebe nicht kannten.

Ernestine. Doch ist es so. Was ich für Neigung hielt, war nichts anderes, als das Gefühl der Dankbarkeit für denjenigen, der einem in der Welt alleinstehenden Mädchen in kritischer Lage ritterlichen Schutz angedeihen ließ. Hierfür fühle ich mich Ihnen verpflichtet und werde meine Schuld dadurch begleichen, indem ich Ihnen heute in einer ungleich kritischeren Lage meinen Beistand nicht versage.

Iwan. Ich bitte, sich nicht zu incommodiren. Sie haben sich auf rationelle Weise durch einen Sprung in's Wasser all' Ihrer Schulden entledigt. Speciell mir sind Sie um so weniger etwas schuldig, als — verzeihen Sie, Ihre Offenheit wirkt ansteckend — als jene Situation, gelegentlich welcher ich als Ihr Beschützer auftrat, von mir inscenirt gewesen ist. Jene jungen Männer, welche Sie beängstigten, waren meine guten Freunde.

Ernestine (zusammenzuckend). Ist das — möglich?

Iwan. Ihr Ton verräth Niedergeschlagenheit. Ich glaubte, dieses Erkenntniß würde Freude in Ihnen wachrufen. Bei Jemandem, der nach Steinen sucht, um sie nach seinem Gegner schleudern zu können, ist eine derartige Gefühlsäußerung immerhin seltsam.

Ernestine. Reizen Sie mich nicht durch solchen Spott! Ich bin in Ihren Augen ja nie etwas mehr gewesen, als nur ein Weib mit allen seinen Schwächen. Es könnte kommen, daß ich mich wirklich als ein solches zeige, und, alle Rücksichten bei Seite setzend, Sie Ihrem Schicksale überließe.

Iwan. Das ist mir nicht recht verständlich. Ich möchte doch bitten, den Schleier zu entfernen. — Ich glaube Ihrem ersten Debut auf dem Gebiete des Bekehrungswesens weit größeren Erfolg in Aussicht stellen zu dürfen, wenn Sie zur verblüffenden Offenheit der Rede noch die bestrickende Gewalt des unverhüllten Blickes gesellen.

Ernestine. Ich achte mich selbst zu sehr, als daß ich während Ablegung einer Beichte, wie die meinige es war, einem Manne das offene Angesicht zeigen könnte.

Iwan. Die Beichte ist vorüber; was hält Sie nun noch ab?

Ernestine. Rücksicht für Sie.

Iwan (lächelnd). Ei!

Ernestine. Ja. Eine letzte Regung von Mitleid für einen Menschen, der mir einstmals nahe stand. Ich will es ihm ersparen, in meinen Augen das Gefühl lesen zu müssen, welches mich jetzt in seiner Nähe beschleicht

Iwan. Trotz dessen ließen Sie mich zu sich bitten?

Ernestine. Es geschah in Rücksicht auf Alexis, den ich hochschätze; in weiterer Rücksichtnahme auf dessen edle Mutter, die ich verehre, und deren Achtung zu erringen, ich meinem ferneren Leben als höchst-erreichbares Ziel gesetzt habe.

Unverkäufliches Manuscript.

Iwan. Ei Rücksichten und kein Ende! Ich aber glaube für meine Person als geringste Rücksicht verlangen zu dürfen, daß Sie im weiteren Verlaufe der Unterredung Aug' in Auge mit mir verkehren.

Ernestine. Ich habe nichts mehr zu sagen, als: fliehen Sie, so lange es noch Zeit ist. Dort unter dem Balkon liegt ein Boot. Der Schiffer wird Sie jenseits des See's auf italienischem Boden absetzen. Das weitere ist dann Ihre Sache.

Iwan. Und wozu das Alles?

Ernestine. Mensch — hat nicht ein Atom von Kindesliebe sich in Ihrem Herzen zu erhalten vermocht? Wird jene Frau, der Sie das Dasein danken, den fürchterlichen Schlag überdauern, welcher sie unfehlbar bei der Nachricht trifft, daß sie die Mutter eines Verbrechers ist?

Iwan (lächelnd). Sie phantasiren! — Ei, der verwünschte Schleier!

Ernestine. Jawohl, Sie haben recht, der Schleier ist im Wege! (Schlägt ihn zurück.) Und nun sehen Sie mir in's Auge. Bewahren Sie, wenn Sie's vermögen, länger noch die erkünstelte Ruhe, welche die Angst, die Sie erfüllt, maskiren soll! Sie wissen, worauf ich spiele, denken Sie an Franziska Lazar!

Iwan (schwärmerisch). Ich denke nichts als Dich! Wie könnte ich im Anschaun solcher Reize auch an Frauen denken, die sich in einem Athem mit Dir nicht nennen lassen und die mir im Tode so gleichgiltig sind, wie sie es lebend waren. — Ei sieh, ich hätte nicht geglaubt, daß mir Dein Anblick nochmals so gefährlich werden könnte. Ja, jetzt erkenne ich erst, was ich mit Dir verlor! So schön wie jetzt und so begehrenswerth, warst Du mir vormals nie erschienen. Und alles das soll einem Andern angehören? Soll der besitzen, den ich hasse und verwünsche?

Ernestine. Ehrfurcht vor ihm! Auf den Knieen sollten Sie ihm danken, für das, was er noch jetzt in dieser Stunde für Sie that.

Iwan. Er mag sich was darauf zu Gute thun, daß ich ihn hasse. Kein anderer Mensch kann sich noch solchen Vorzugs rühmen, denn außer ihm verachte ich sie Alle — Alle — bis auf Dich.

Ernestine. Unseliger — und Ihre Schwester, Ihre Mutter?

Iwan. Pah! — Dich, Ernestine, Dich verachte ich nicht!
Jetzt sicher nicht, in diesem Augenblicke nicht, wo Dein
flammender Blick, wo mir die Röthe, die auf Stirn und
Wangen lagert, deutlicher als Dein beredter Mund es könnte,
den Beweis liefern, daß ich trotz alledem, was ich jemals verbrochen, Dir theuer bin! Ich habe nie im Leben eine That
bereut, die eine Einzige bereue ich), daß ich Dich leichtsinnig
aufgegeben habe, noch ehe ich Dich ganz besessen hatte. Ich
scheue keinen Augenblick vor dem Geständniß, daß ich ein Egoist
von reinstem Wasser bin. Ich habe es nie verhehlt! Ob ich
dadurch in der Menschen Achtung steige oder falle, ließ mich
und läßt mich heute noch vollkommen kalt. Was Frauen an-
belangt, so waren mir etwelche für kurze Zeit zu meiner Unterhaltung grade gut genug. Und weißt Du, wem ich's danke,
daß mir höchstens nur an ihrer Liebe, an Frauenachtung aber
niemals lag? Derjenigen, die mir das Leben gab! Ja,
schaudre, fromme Taube, meiner Mutter! Daß sie zu solcher
Thätigkeit von der Natur gezwungen ward, das ließ sie mich,
den unwillkommenen Sprößling dann entgelten, indem sie durch
die Eigenart der Erziehung mich systematisch zu dem Menschen
heranbildete, als welcher ich vor Dir stehe! Ein Verächter der
Menschheit, insbesondere aber Deines Geschlechts.
Ernestine. Nennen Sie mich nicht Du! Es graut mir,
von einem Wesen Ihrer Art in so vertraulicher Weise angesprochen
zu werden. Ein Sohn, der solcherart von seiner Mutter spricht,
ist es nicht werth, den Namen Mann zu tragen.
Iwan (trotzig ausbrechend). Ist's meine Schuld, daß ich
ein Kind der Liebe war? Warum ließ sie mich's entgelten, daß
sie um meinetwillen einem simpeln Handelsmann die Hand zum
Ehebunde reichen mußte?! Frag' ihn doch, meinen hochgeborenen
Bruder, ob sich das blaue Blut in seinen Adern nicht heute
noch empört, denkt er daran, daß seine ehrvergessene adlige
Mutter sich an meinen bürgerlichen Vater weggeworfen hat.
Ernestine. Das Alles ist nicht wahr! Alexis spricht mit
hoher Achtung von der Mutter. Sie aber sind ein Verworfener!
Und denke ich, daß diese Lippen sich je an meine preßten, so
faßt mich ein Gefühl, wie ich's seither nicht kannte und wie
ich's nimmermehr empfinden möchte. Mir ekelt vor mir selbst!
— Ein Blitz vom Himmel müßte Sie niederschmettern, ehe daß
Sie den Vorsatz, sich jemals wieder Ihrer Mutter zu nahen, zur
Ausführung brächten.

Iwan. Dem Himmel bleibt die Mühe erspart. Er nahm sie zu sich. Gestern Abend schon ist sie gestorben.

Ernestine (aufschreiend). O ewige Gerechtigkeit! — Todt — seine Mutter?!

Iwan (wirft ein Telegramm auf den Tisch). Hier die Depesche!

Ernestine. Und noch im Tode schmäht er seine Mutter! Wohl ihr, sie starb zur rechten Zeit, noch ehe — —! Wohlan, so möge denn geschehen was geschehen muß! Der Tod der Mutter bricht die letzte Schranke! Und auch von meiner Brust löst er den Alp, der als mein Geheimniß mir die Seele schwer belastete! Vernimm es Du und räche Dich, wenn Dir hierzu noch Zeit bleibt, für den Todesstoß, den ich der Eitelkeit des Wollüstlings versetze. Nicht Reue um das was ich gethan, war es allein, was mich das Leben abzuwerfen trieb, nein es war vielmehr die Höllenqual der Eifersucht, und das entnervende Gefühl verschmähter Liebe! Weil ich mich von Alexis verlassen wähnte, weil ich — erbärmlich genug — ihn einer Handlung fähig hielt, die Du unzähligemale ausgeübt und weil ich ohne ihn nicht mehr zu leben vermochte, nur einzig darum weihte ich mich dem Tode, denn ich liebte ihn vom ersten Augenblicke an und liebe ihn auch heute noch unsagbar, grenzenlos! — Und nun vollziehe sich was die Gerechtigkeit verlangt! (Eilt an die Seitenthüre links und ruft hinein.) Therese rasch! (Diese tritt heraus.) Nimm' dort das Telegramm, eil' damit nach Fort Nicolo zu Baron Karbanoff und unterwegs rufst Du durch alle Gassen: Da oben ist er, den die Häscher suchen: Iwan Adamowitsch, der Diamantendieb, der Schurke, der auf seinen eignen Bruder den Verdacht des Mordes wälzte. Fangt ihn, denn er ist es, um den Franziska Lazar starb, der Mörder ist's des Diurnisten Hahn.

2. Scene.

Vorige. Lazar.

Lazar (war kurz vorher durch die zweite Seitenthür rechts eingetreten. Seine Haltung ist gedrückt, der Blick ruhig aber finster. Niemand bemerkt ihn).

Therese (hat das Telegramm genommen und will damit durch die erste Seitenthür rechts abgehen).

Iwan (vertritt ihr den Weg und weist sie gebieterisch mit der Hand zurück). Zurück — wenn Du sein Loos nicht theilen willst!

Therese (weicht entsetzt zurück).

Iwan (sich umkehrend, die vordere Thüre rasch absperrend und den Schlüssel verbergend). Und glaubst Du, daß ich mich so ruhig fangen ließe? Du Thörin! An dem Verluste dieses erbärm= lichen Lebens wäre mir wahrhaftig nichts gelegen, aber gleich= giltig ist es nicht, auf welche Art ich es verlieren soll. Daß ich den armseligen Wicht, den Schreiber niederstieß, weil er sich mir unberufen in den Weg stellte, das ist nicht Grund genug mir den Prozeß zu machen! Daß sich Franziska Lazar, die Tochter des Detectiv, in Gefahr begab und darin umkam, diese Last soll mein Gewissen sicherlich nicht drücken, denn von allen Jenen, deren Herz ich brach, war sie die Eine, die ein ander Loos sich kaum erhoffen durfte. War sie ja doch die Tochter eines Vaters, der gemeinen Verbrechens wegen einen großen Theil des Lebens als Sträfling im Zuchthause verbrachte! —

Lazar (welcher bei Nennung des Namens seiner Tochter jäh zusammenzuckte und blitzschnell mit beiden Händen nach dem Kopfe fuhr, dann langsam, aber mit festen Schritten vorkam, legt jetzt Iwan die Hand schwer auf die Schulter). Und weißt Du auch warum?

Ernestine (freudig). Lazar — gelobt sei Gott! — Du kommst zur rechten Zeit!

Iwan. Teufel — der Detectiv! Nun wird es Ernst!

Lazar (zu Ernestine, ohne den Blick von Iwan abzuwenden). Eile durch mein Zimmer auf die Straße. Dein Bräutigam ist auf dem Wege hierher. Er hat sein Alibi bewiesen; er ist frei! — Sei glücklich!

Ernestine (ihn besorgt betrachtend). Du aber, Vater, was willst Du beginnen? Denke Deiner Amtspflicht, Deines Diensteid's!

Lazar. Des Eides bin ich quitt und meiner Dienste ledig Beeile Dich!

Ernestine (zum Himmel blickend, in höchster Erregung). Herr Gott im Himmel schütze ihn vor Blutschuld! O, nur für wenig Augenblicke noch erhalte ihn bei Vernunft! (Will abeilen, stößt auf Therese, die sich leise genähert hat.) Ah, Du! — Geschwind — statt meiner —, da hinaus! Bring Hilfe schnell! Ich bleibe hier verborgen.

Therese. Gott schütze Sie! (Schnell ab.)

Ernestine (schlüpft hinter den Pfeiler des Balkons.)

Lazar (hielt seither starr den Blick auf Iwan gerichtet, so daß er den Wechsel der Personen nicht bemerkte; eilt jetzt schnell nach der zweiten Seitenthüre rechts und dreht den Schlüssel um.)

Iwan (will den Moment wahrnehmen und über den Balkon entfliehen).

Lazar (sich umkehrend, die Hand nach ihm ausstreckend, mächtig). Steh'!

Iwan (bleibt wie gebannt stehen, ihn anstarrend). Was ist das?

Lazar (legt den Arm um seinen Nacken, in fast zärtlichem Tone). Hab' keine Furcht. Ich liefre Dich nicht aus. Wie dürft' ich denn? Franziska harrt auf Dich! Sie liebte Dich so zärtlich, innig. Und Du verschmähtest sie! O weh mein Herz! (Fährt mit der freien Hand nach seinem Kopfe.) Siehst Du — mein Herz sitzt im Gehirn — und da hinein hat mich Dein böses Wort getroffen. O — o — so tief!

Iwan (vor sich hin). Weh mir, in der Gewalt eines Wahnsinnigen! Und dennoch — dieser Umstand kann mich retten!

Lazar. Nein, sie sollen Dich nicht wie einen gemeinen Verbrecher hinter finst're Mauern bergen, wie sie es mit mir gethan! Dann ist die Ehre hin für alle Zeit! Ich bin Dein Richter — ganz allein! — (Groß und furchtbar.) Du hast mein Kind entehrt und dann gemordet! Du hast sie hingeopfert, dann verlassen —, weil sie die Tochter ihres Vaters war. Des Vaters, der auf seine Ehre hielt, der einst sein Weib mit dieser Hand erwürgte, weil es die Ehe brach; derselbe Mann, der ihren Mitverbrecher niederstieß wie einen tollen Hund! Der hierfür eine entehrende Strafe abbüßte und trotzdem nicht die Achtung vor sich selbst verlor! — (Ruhig.) Ich bin den Tod Dir schuldig — und auch mir! — (Fast flüsternd.) Da unten — tief —, da schläft mein todtes Kind!

Ernestine (im Hintergrunde leise jammernd, die Hände nach ihm ausstreckend). O Vater!

Lazar (zusammenzuckend, sich halb nach rückwärts umkehrend). Sieh dort, da regt sich was. Ist es Franziska? Sie harret unser — komm!

Iwan. Laß' los den Arm, ich folge Dir! Komm' zu Franziska. Ich that ihr schweres Unrecht; ich bekenne es und will es büßen.

Lazar. Ein Ehrenmann! — Ja, Du verdienst zu sterben!

Komm' mit hinab — in's große, feuchte Grab. (Läßt ihn los und wendet sich nach rückwärts.)

Iwan (stößt ihm ein Dolchmesser, das er schon früher aus der Brusttasche zog, in den Rücken). Geh Du vorerst allein!

Lazar. Ei Du — Schurke!

Ernestine (sich dem nach dem Balkon flüchtenden Iwan entgegenwerfend). Zurück! — Zu Hilfe! Mord!

Iwan (schleudert sie auf die Treppe). Dich treffe ich anderswo. (Eilt auf den Balkon und ruft über die Brüstung.) Heran da mit dem Boot!

Lazar. Nicht ohne mich! Du hast nicht gut getroffen! Mein Herz sitzt im Gehirn!

Iwan. Versuch's und folge mir! (Springt über die Brüstung hinab.)

Lazar. Ich komme! Da — da liegt meine Tochter! Er schleudert sie zu Boden, so wie damals. (Mit voller Kraft des Ton's.) Ich schreite, Mädchen, über Deinen Leib und Dich zu rächen schicke ich mich an! (Steht mit einem Fuße auf dem Sessel, mit dem andern auf der Brüstung; zieht einen Revolver hervor und zielt nach unten.) Zurück da mit dem Boot! Der Mann ist mein!

Lorenz (von außen). Ei, laßt nur, Herr, er kann nicht mehr entwischen. Da seht — da taucht er auf!

Lazar. So recht! Zeig' mir Dein Auge nochmals! Schließ' es zu! (Er schießt.)

Lorenz (wie vorher). Was thut Ihr, Herr? Er ist getroffen!

Lazar. In's Hirn wie ich! — Ei, willst noch nicht hinab? — Warte nur, ich helfe nach! (Springt hinab. An der Seitenthüre rechts wird von außen heftig gepocht.)

Ernestine (schleppt sich auf den Knieen nach der Seitenthüre und dreht den Schlüssel um).

3. Scene.

Ernestine. Alexis. Therese. (Hinter der Scene Lorenz.)

Alexis (rasch eintretend). Es fiel ein Schuß. Ernestine galt er Dir?

Ernestine (sich in seinen Armen aufrichtend). Nicht mir — (Nach rückwärts zeigend). Dort — dort!

Alexis (zu Therese, welche gleich auf den Balkon eilte). Was siehst Du dort?

Therese. Da ist der Commissär im Boote mit Gensbarmen. Auch Lorenz ist dabei! Lorenz was ist es mit den beiden Männern?

Lorenz. Die Leichen sind geborgen!

Ernestine. Todt! Mein guter Vater — todt! Und Deine Mutter — weißt Du?

Alexis. Ging jenem dort voran! —

Ernestine. Und er — er schmähte sie —!

Alexis. Wohl fehlte sie um ihrer Liebe willen. Sie war gestraft genug in diesem Sohn!

Ernestine. Auch ich — ich fehlte — doch ich liebte Dich!

Alexis. Getreue Liebe sühne uns're Schuld! (Umarmt sie.)

Der Vorhang fällt.

Ende.

Manuscript not for sale.

Louis Nötel.

Hergestellt in der Officin von R. Boll, Berlin 1887.